새 시대 인생 열차

새 시대 인생 열차

1판 1쇄 발행 | 2024년 4월 6일

지은이 | 홍규섭
발행인 | 이선우
펴낸곳 | 도서출판 선우미디어
　　　　등록 | 1997. 8. 7 제305-2014-000020
　　　　02643 서울시 동대문구 장한로12길 40, 101동 203호
　　　　☎ 2272-3351, 3352 팩스: 2272-5540
　　　　sunwoome@hanmail.net
　　　　Printed in Korea ⓒ 2024. 홍규섭

값 13,000원

※ 잘못된 책은 바꿔 드립니다.
※ 저자와 협의하여 인지 생략합니다.

ISBN 978-89-5658-758-5 03810

새 시대 인생 열차

홍규섭 시집

선우미디어 sunwoomedia

인류공동의 사회악을 줄일 수 있는
유일한 길은 공동사회 규범상 악에는 엄한 형벌이 있다면
선행자에게도 포상이 있어야만
인류공동사회 규범이
공정하게 설정된다고 보았다.

나의 인생 나의 꿈

나는 울산광역시 동구 일산동 가난한 집안 12형제 중 11번째로 1940년에 태어났다. 다양한 형제 틈바구니에서 나는 비교적 차분하고 사려 깊은 심성으로, 내 일생 그 어떤 사정이 닥치더라도 어려운 사람들을 도우며 살아야겠다는 깊은 신념을 키웠다. 성장할수록 이 신념을 실천하려고 전심전력 노력하였다.

어린 시절, 한창 이성적으로 발육이 절정에 달할 때 나는 친구들이 새 교복과 모자를 쓰고 가방을 메고 학교에 입학하여 다니는 모습을 볼 때면 그들이 너무 부러웠다. 그런 날은 나는 앞으로 무엇을 해야 하나 마음속에 떠오르는 생각으로 잠을 이루지 못하곤 했다. '내가 비록 정상적으로 학교에 가지 못하더라도 독학이라도 해야지, 들로 일을 하러 가거나 뒷산으로 소를 돌보러 갈 때에도 책을 항상 들고 가서 열심히 읽었다. 집안 형편이 여의치 못해 학교는 꿈에도 생각하지 못했던 처지, 독학으로 중앙통신강의로 중고등학교 과정을 거쳐 그 졸업장으로 울산고등학교 2학년에 편입학하였으나 3개월만에 군 징집 연령이 되어 군에 입대해 3년 복무를 마치고 다시 울산고에 복학해 다른 동기생들은 대학을 졸업할 즈음에야 대학에 입학했다.

그런데 가난한 집안에 태어나 앞으로 남과 같이 잘 살아갈 길을 택하지 않고, 오로지 인류공동세상의 안전과 평화에 관한 관심과 연구, 지나친 열성을 떨쳐 버릴 방도가 없었고, 오늘날까지 타오르는 불꽃 심정을 이어왔다고 고백한다. 그 결과물로 몇 년 전 『새로운 세상을 여는 인간의 진리』라는 주제로 수십 년간 연구한 책을 1, 2, 3권 출간했다.

세상에는 수많은 선인과 종교지도자 과학자 경제인이 있지만 인류공동세상 사회의 안전과 평화에 대한 명석한 지침이나 이론이 없다. 단순히 악행보다 선행해야 한다는 말뿐이지 직접적인 효과가 있을 이론이나 대안은 없다. 나는 이 진지한 문제를 해결하기 위해 수많은 세월 동안 고뇌와 연구 끝에 인류공동세상사회 악을 줄이지 않고는 인류공동세상 사회의 안전과 평화는 기대할 수 없다는 점을 깨닫게 되었다.

인류공동의 사회악을 줄일 수 있는 유일한 길은 공동사회 규범상 악에는 엄한 형벌이 있다면 선행자에게도 포상이 있어야만 인류공동사회 규범이 공정하게 설정된다고 보았다. 사회인들은 공정한 사회규범하에 살아가므로 사회 악행을 줄일 수 있는 유일한 길이 아닐 수 없다. 인간은 누구나 악행보다 선행을 선호하는 마음의 정서가 정착되어 있어서 공동사회인은 누구라 할 것 없이 공동사회 규범을 잘 준수할 수 있을 것이며 그 누구도 공동사회 규범을 준수하지 않거나 무시한다면 공동사회에서 살아갈 수가 없다.

이런 면에서 공동사회 규범은 언제나 신선하고 공정하고 정의로워야 한다. 인류공동세상 사회가 하루속히 불공정한 사회규범을 악행에는 형벌, 선행에는 포상으로 실행됨으로써 사회악은 줄고 선행자는 늘어나는 인류공동세상 사회가 실현되어 안전과 평화로운 사회가 저절로 잘 이루어져 나가리라.

오늘날 인류공동세상 사회는 걷잡을 수 없는 위기 늪에 깊이 빠져들어 가고 있으며 이를 구원할 길은 인류 자신들의 역량과 자세에 달려 있다. 무모한 전쟁과 천재지변, 악한 질병, 온실가스, 총기 난사, 정신질환자의 무모한 행동 등등 걷잡을 수 없는 문제들이 증가하는 추세여서 인류공동세상 사회의 안전을 더욱 위협하고 있다.

공동사회인들은 증폭되는 악의 위기, 미래의 불확실함 속에서 윤리와 도덕이 흔들리는 가운데 오늘도 지체 없는 인생 열차에 몸을 싣고 내달리는 현실, 최첨단 정보 홍수 속에서 시간 낭비하다 보면 알찬 실 이익 정서를 얻기란 쉽지 않은 세태이다. 고난과 즐거움이 뒤죽박죽되어 숨 가쁘게 돌아가는 인생살이, 지나침을 자제하고 정신력 보강에 집중할 필요가 있다.

그동안 수많은 세월을 통해 걸어왔고 또 걸어가야 하지만 때로는 시행착오로 많은 고통과 아쉬움을 느낀다. 오늘도 늦지 않다. 덕망 높은 이들의 저서를 많이 읽고 바른 정신력으로 선행하며 삶을 살아야지, 야망으로 재물을 갖거나 권력을 잡아 비정한 삶을 산다면 역사의 준엄한 심판을 받게 될 것이다.

바라건대 우리는 순수한 자연인으로 선행하며 한세상 이웃과 정답게 살기 위해 귀감이 될 좋은 저서를 많이 읽고 알찬 인생관을 잘 정립해 후회 없는 삶을 살 수 있기를 바란다.

2024년 3월
저자 홍규섭

참 좋은 작가 홍규섭

정연복 시인

온실 속의 꽃은
아무리 얼굴이 예뻐도
잠깐의
눈요기는 될지언정
마음 깊이
와 닿지는 않는다

세상살이 비바람을
맞아본 적이 없기 때문이다

천재 작가의
서재에서 나온 글은
한순간의 감탄을
자아낼 수는 있지만
가슴속에 오래오래
남아 있지는 못한다

인생의 깊은 고뇌와 슬픔이
담겨 있지 않기 때문이다

화려한 겉모습은 없지만
배시시 웃는 민들레나
들꽃 같은
세상의 어느 그늘지고 척박한
땅에 가까스로 뿌리내리고

모진 비바람
눈보라의 채찍을 맞으며
온몸이 멍들고 아파도
살아 끝끝내 살아

내면은 깊고 진실하여
머리가 아니라 몸으로
관념이 아니라 생활로

한평생 한 글자 한 글자
언어의 집을 지어가는
참 좋은 작가 홍규섭을
나는 '들꽃 시인'이라 부르리

차례

2부 청산이 좋아

3부 절망과 희망

4부 사랑의 징검다리

5부 자유의 장막

6부 가족 참여 글

1부

애정의 시절

고향과 연어

사랑 꿈 싣고 나르는 세월 속에
잊혀지지 않은 고향의 따뜻한 죽마고우
급변하는 세월이 나를 영원토록
고향에 머물러 있지 못하게 했지

부모님이 나를 낳아 알뜰히 보살피며 길러준 고향
이 세상 어디 가서 무엇 하고 살더라도
고향에 대한 그리움 거룩한 정서
버릴 수도 없고 잊어지지 않는 마음의 깊은 향수

세월이 수천만 리 가더라도 어릴 때
하나둘 운명길 보듬어주던 고향 그 정성
오늘 이 세상에 이렇게 성장한 것도
고향이 있었기에 고맙고 은혜스럽지

세상에 수많은 사물들은 자기가 태어난 곳
잊지 못해서인가 어린 치어로 넓고 푸른 바다로 나가
정처 없이 떠났다가 어미가 되어 그 활력 운명이 가차와지면
다시 태어난 고향 땅을 찾아 돌아와 죽음 생을 마치는 연어

그리움

어릴 때 한마을에 태어나
흠 없이 잘 자라나면서
서로 자주 만나 노는 사이 친밀한 우정되어
서슴없이 정을 주고받던 그 시절
만나면 즐겁고 보지 못하면
보고 싶은 그리움 떨쳐버릴 재간이 없었지
만나면 만날수록 우정은 더 두터워져 가고
티 없이 자라나던 그 시절이 마냥 그립구나
서로 좋은 것 있으면 기쁘게 나누어 갖고
조금 서운한 점 있어도 못마땅한 인상 주지 않고
이해하며 한 번 더 손을 잡아주지
용서와 관용 없이는 정다운 우정 갖지 못한다
천진난만한 시절 앞날 원대한 포부보다
오직 다정한 우정으로 즐겁게 하루하루
잘 보내는 것이 미래 거대한 꿈보다
더 기쁜 현실이 아니었던가
그렇게 매일 만나 정답게 놀던 친구들
지금 다들 어디 가고 급속도로 변천해 가는 세월 속에
우리 생활 터전은 갖출 것 죄다 갖추었건만
어릴 때 정답게 놀던 그 시절이 마냥 그리워지네

애정의 시절

그때 그 시절 너무 정다웠어요
무엇이 못마땅해서 돌아서 갑니까?

뒤 뜰 하천 둑에서 처음 만나
사랑을 속삭이던 그때 그 시절
혹시 누가 보지 않을까 마음 쪼이던 그 순간
너무 정다워 사랑을 고백하고 말았어요

사랑합니다 그 말 한번 듣기 위해
온몸과 마음을 당신에게 다 바쳐
수줍음을 주저하면서도
당신의 품 안에 살금히 안기고 말았어요

이 거치른 세상 두 마음 두 손 잡고
그 어떤 풍파가 오더라도
헤어지지 말자고 찰떡같은 그 약속

그때 그 시절을 생각해서라도 뒤돌아 와 주세요
정처 없이 떠나가는 발길 떨어지지 않아
뒤돌아보고 또 돌아봐도 못 잊을 처음 만난 그 시절
당신의 거룩한 마음 잊을 수 없어 용서를 빕니다

갯버들 피리

온 세상을 아수라장 만들어 놓고
물러나는 겨울의 참혹함
남쪽 나라에서 따스한 봄바람
얼어 죽다가 소생하는 만물들

매일 기력을 살리느라 정신없는 사이
하늘에서 촉촉한 단비가 내린다
냇가에 갯버들이 수액 차올라
가지마다 새 잎새 퍼져 나고

불어오는 살랑 봄바람에 춤을 춘다
사늘한 세상 분위기 어디로인가 다 자취 감추고
아늑한 세상 분위기 정겨움만 쏟아내는 좋은 절기
누가 이런 분위기 마련해 주시는지 하나님께 감사

어린 시절 장난꾸러기 친구들과
냇가 찾아가 갯버들 꺾어 피리 불던 그 시절
그 시절이 마냥 그립구나

환상

온 천지가 정막에서
깨어나지 못해
암흑에 울어야 할 기막힌 운명들

언제 이 처절함
면할 길이 없을는지
하늘이 하는 일 누가 알리

한 번밖에 없는 주어진 운명
하늘을 원망하기 전

스스로 할 수 있는 데까지 다 해 보아야지
세상이 어수선하다고 해서
마음마저 약해져 갈피를 잡지 못한다면
어느 누가 우리 운명 구해주리

세상이 다 무너져 흔적 없이 사라질 듯했으나
갑자기 강한 비바람 몰아치고 우레같은 천둥
짙은 먹구름은 흔적도 없이 사라져버리고
찬란한 햇빛이 온 천지 광야에 퍼져나네

정다웠던 시절

천진난만한 어린 시절 한 또래 친구들
만나면 공차기 자치기 놀이 구슬 딱지 따먹기
그 어느 하나 즐겁지 않은 것 없었지
지나치게 많이 딴 친구 도로 나누어주던 배려

어느 친구 집을 가더라도
좋은 음식 떡 과일 과자
아깝지 않게 먹으라고 내놓는
부모님의 아름다운 선심

이 세상 어느 하늘 아래
그렇게 친절한 부모님 정성
어디에서 대접받아보리
그러시던 부모님들은 다 저세상 가시고

우리들마저 벌써 대접받던
부모님 세대 되어 그때 그 시절만치
자식들 친구에게 베풀어 주지 못한 선심
지금 시대도 시대인만큼 너무 야속도 하지

푸른 동산

옛날에 동무들과
즐겁게 놀던 푸른 동산
널따란 잔디 위에 누워
앞날에 꿈을 키우던 그 시절

지금 그 동무들은 다 어디 가고
새파란 넓은 푸른 잔디 위에
송아지 염소들이 잔디풀
마음껏 배불리 먹고

어미 찾는 울음소리
살랑 부는 가을바람 타고
광야로 퍼져나가는 애끓는 울음
저 멀리서 어미들은 성급히 달려온다

오늘도 해는 서산에 기울고
어미소 염소들은 새끼를 데리고
마구간 집을 찾아드는 요란한 발굽 소리
어린 시절에 정다웠던 친구들 다 무엇하고 지내는지

고향

내가 태어난 고향
아늑한 일산만
동네 뒤 오자불만
그 너머 녹수만

다 자연으로 형성된
천 년의 반달 같은 넓은 은빛 백사장만
어로장은 작은 조각배
밝은 석유등 갖고 배 젖는 뱃사공 태워

넓은 푸른 만 곳곳 멸치 떼 찾아
다니다가 기회가 포착되면
육지에 급히 신호하네
그물을 어떻게 쳐라 지시와 동시

천 미터가 넘는 그물을 실은
큰 배 여러 사람이 성급히 타고
숨 가쁘게 노 저어 멸치 떼를 둘러싸나
어영차 어영차 만선의 환호 새삼스럽게 생각나네

후리막*

우리 동네 앞 넓은 아늑한 백사장
중심부에 한 곳 후리막이 있었고
집 뒤 동네 오자불에도 넓고 큰 백사장에
세 곳 후리막이 있었다

쌀쌀한 가을바람이 불어오면
멸치 갈치 전어 떼가 북쪽에서 동해 연안을 타고
남쪽으로 내려오는 철어류 길목
작은 보트에 노 젓는 사공과 어탐장이 밝은 등으로

여기저기 고기떼 찾아다니다가 때마침
고기떼가 용솟음치는 광경을 보게 되면 신속히 신호해
육지에 대기 중인 큰 배 수백 미터 그물 수십 명 어부
혼연일체가 되어 신속히 고기떼를 둘러싼다

앞 동네 뒷동네 사람들은 바구니 그물망 모두 하나씩 가지고
후리막 백사장으로 달려간다
성급한 전어 갈치가 도망가려다가 그물 사이로 끼어
요동치는 장면을 본 사람들은
손으로 고기를 떼어 바구니에 담는다

손바닥만 한 전어 갈치 백사장 모래 비늘을 닦아내고
집 뒤 넓은 밭에 즐비한 무 배추
탐스러운 무 몇 개를 뽑아 넓고 넉넉한 친구 집에서
무생채와 전어 갈치회 버무려
즐겁게 먹던 시절 마냥 아름다워라

* 후리막: 후리그물을 치고, 그것을 지키기 위해 지은 막

짝사랑

한번 맺은 인연
밉거나 곱거나 손잡고 가야지
거치른 세상 넘나드는 사이
고왔던 그 얼굴도

남모르는 역경 이겨내느라
검붉게 타올랐네
유수같이 흘러가는 세월
잊고 살다 보니 언제 이만치 왔는지

다시 과거로 돌아갈 수 없는 운명
낳은 자식 잘 기르며
고난의 역경 있어도 내색은 말아야지
남은 세월에 더 보람을 챙겨 보았으면

알뜰한 당신 위해
고난의 세월 있어도 주저앉지 않고
여기까지 오면서 깊은 사랑 지켜 왔오
오늘도 부여된 책임 다하느라 이마에 땀이 흐르네

산고개

먼 산 바라보니
굽이굽이 인생 고개
넘어야 할 산고개
어찌 그렇게도 많은가

성급한 자
한 고개도 제대로 못 넘은 채
자살하고 말지어니
멀고 높은 산고개 많으면 많을수록

마음 넉넉히 잡아야지
자연이 정해 놓은 과정
함부로 수정하거나
잔머리 굴리다가는 한 고개도 못 넘으리

비록 고단하고 험준할수록
급히 서두르지 말고 마음 잘 다스려
고단한 몸 이끌고 차근차근 가다 보면
죽기 전 다 넘을 수 있으리

어머니

고개 고개 산고개
어머님이 그 옛날
읍내 시장 가고 오고
넘나드시던 험난한 산고개

가져가셨던 물건 다 파시고
어린 자식들이 좋아하는
선물 사 오지 않을까?
기대하며 초롱 등 들고 마중 가던 시절

새삼스럽게 어머님이 생각나
저세상 가신 지 수십 년 되었건만
어머님의 정성 어린 그 고마움 생각
잊어지지 않아 마음속으로 불러봅니다

세월은 말없이 밤, 낮으로
해와 달은 오고 가건만
떠나가신 어머님이 그리워
불러봐도 대답 없으시고 밤낮 와도 오지 않으시네

동심

어린 천진난만한 시절
친구들과 만나면 반갑고
헤어지면 서러웠던
정다운 우정
해 저물기 전
내일은 무엇하고 놀지
바닷가 낚시 가기로 약속한다
밤늦게까지 내일 고기 낚는 구상
아침 해가 저 먼바다
지평선에서 떠오르고
옆집 울타리 대나무 숲에 가서
그중 곧은 것 하나 잘라
낚싯줄을 매달아 친구들과 정답게
바닷가 섬으로 간다
갯고동을 잡아 낚시에 끼워
깊숙한 바닷속 해초 숲에 담근다
생각지도 않은 탐스러운 큰고기가 물고
이리저리 사정없이 반항한다
친구들도 여기저기에서 고기가 물었다고
소리소리 지른다 아 정다웠던 동심들아

참기름

겨울 동안 모진 북풍
찬기류가 물러나면
남쪽에서 불어오는
따뜻하고 온화한 기류

새봄을 맞이하는
산골 농부들은
들녘에 나가 씨종자 심느라
바쁜 초봄 계절

수많은 씨앗 중
우리 밥상 나물에 미감을 돋구는
고소한 참기름을 짜내는
참깨 씨앗을 정성껏 심는 농부

밥맛이 떨어져 거북스러울 때
새봄에 싱싱하게 자란
산나물 뜯어와 삶아 무쳐 고소한 참기름
몇 방울 떨궈 밥에 비벼먹던 그 향수
지금인들 어이 잊으리

노인의 참회

7월이 다가선 한여름의 절정
겨울 동안 앙상했던
공원에 수많은 수목들
자주 내린 빗물 먹고

새파란 잎새들이
하늘 햇살을 가려주는 좋은 징조
집에서 답답함을 면해보려고
무거운 몸 지팡이에 의지해

공원에 나와 의자에 앉으니
한결 마음 가벼움 새 기분 나네
인생은 멀기도 하나 때로는 가깝기도 하지
지나온 세월 동안 수많은 사연

걷잡을 수 없는 세월 따라오느라
자신을 제대로 되돌아볼 여유 없었지
비로소 오늘 공원 의자에 앉아
과거 잘못된 일들 뉘우쳐보나
때가 너무 늦었구나

고향 생각

아늑한 포구에 짙은 안개 자욱
동네 앞 울기등대산에서
울어대는 큰 고동 소리
그렇게 밝은 등댓불이

희미한 그림자처럼 지나친 순간들
언제 적막한 짙은 안개 걷혀지려나
유난히 새파란 우리 동네 앞바다 넓은 포구
찰랑거리는 물결 위 배 띄어놀던 정다운 시절

십리 길 백사장 등대산 코스
즐비한 큰 소나무 숲 향기
동해 널따란 푸른 바다로
쭉 뻗어나간 천 년으로 형성된 절경

어린 시절에 꿈 많았던 친구들
지금은 다 어디에 무엇 하고 살고 있는지
세월 가고 청춘도 가고 순간마다
동해 아침 바다에서 불쑥 솟아오르는
태양 모습이 더 그립구나

꿈 여행

푸른 넓은 하늘 아래
고속열차에 내 영혼 싣고
어디로인가 한없이
내달리는 신기한 장면들

마음에 제대로 새기지도 못한 채
넘어가는 장면들이 너무 아쉽구나
인생은 세상에 무엇 하러 왔는지
수많은 좋은 장면들 중 하나 제대로 챙겨보지도 못한 채

아무리 번개같이 내달리는 세월이라지만
못난 나에게도 한 번의 기회는 있었으리
사람들은 자기 푼수에 지나친 욕심 때문에
작은 보배 하나라도 제대로 챙기지 못한 채

아까운 청춘만 세월에 떠밀려
자신도 모르는 세상에서 이 거리 저 거리에서
부귀영화 찾느라 애써 보지만 공들여 놓은 것 없으니
영혼만 한세상 떠돌다 가는구나

뉘우침

사랑이란 꿈을 짊어지고
한 세상 사노라면
여기저기 수많은 사연들이
앞을 가려 더 나가지 못할 순간들

저 멀리서 소리치며
달려오는 그 사람
가지 마시라고 애원하던
그때를 못 잊어 한없이 울었소

앞을 가로막는 깊은 인연들
다시 한번 참고 뒤 돌아보아야지
내 잘못은 다 잊고 상대방
말 한마디 잘못에 못이 되어

뒤돌아서 정처 없이 떠나는 발길
그렇게도 정성을 다해 모았던 애정
한순간에 무너지는 지나친 냉정함
다시 뉘우쳐 뒤돌아서니 때는 늦으리

짚신 밟기

천진난만한 어린 시절
정월 초부터
오색깃발 긴 대나무 장대 달고
징 북 장구 꽹과리 신나게 치며

집집마다 잡귀신 쫓아내고
한 해 내 온 가정 평화와 안녕을
빌어주던 고맙고 진기한 시절
언제 또 맞이할 수 있을는지

수고한 대가로 추수한 가을 곡식
듬뿍 자루에 담아주시던
어머님의 정성 어린 마음
오늘 내가 별 탈 없이 팔순 넘게

도시 문화생활에 잘 적응해
사는 참모습 선행길 닦고 닦아
죽을 때까지 변치 말자고
자신의 마음을 다짐하며 하나님께 빕니다

과거와 미래

지난 수많은 세월 살아오는 동안
거북스럽고 고단한 일도 많았지만
때로는 보람찬 일도 수시로 있었지
지금 이것저것 짚어보면 득도 불이익도 그만그만한 것

이루어 놓은 것은 별로 없지만
살아오는 동안 수많은 경험으로 인한 깨달음
앞으로 허실보다 얻는 알찬 혜택
이 세상에서 사라지지 않은 이상

원하는 희망 사항 한 축 두 축
쌓을 일 힘찬 동력 자신감 꿈이 아닌
현실 세상에서 차질없이 이루어나가니
제아무리 원대한 포부 있어도

당장 실천하지 않고 이날저날 미룬다면
유수같이 흘러가는 아까운 청춘 시절
마냥 내 업적 이루는데
기다려 주지 않는 냉엄함이 있도다

정월대보름

어릴 때 동심의 세계
어머님은 잡곡밥을 지으시고
아버님은 어린 자식들과
연 만드는데 정성을 다하신다

집집마다 이른 새벽부터 굴뚝에는 뽀얀 불꽃 연기 나고
좋은 음식 만들어 조상에게 차례로 인사드리며
그 옛날부터 내려오는 진지한 전통문화
집 뒤 높은 언덕에 달맞이 집을 짓고

정성을 다해 만든 연 푸른 하늘 높이 바람 타고
저 멀리 오르고 오르라고 감아놓은 자세줄 풀고 풀어
멀리멀리 더 멀리 날아오른다
부푼 마음의 소원도 연과 같이 날아오른다

가슴마다 쌓인 액운 달맞이집에 넣어
온갖 잡 나뭇가지 죄다 모아 정성껏 마련한 집
둥근 보름달 웃음 짓고 내려보는 시기에 불 질러 태우니
연기와 불꽃이 가슴에 맺힌 액운 갖고 흔적 없이 사라진다

나의 일생 심판

세상에 사람으로 태어나
살아남기 위해 자의든 타의든
수많은 세월을 사는 동안
때로는 선행도 하고 때로는 누를 범한 적도 있지

아무리 이성적으로 착실하게 살려고 다짐하지만
생각에 미처 대처하지 못해
착오로 인한 과실을 저질러
세상 사람들에게 비난받을 일도 있었지

그 어느 때 생각지 못한 사건이 주위에 발생해
죽을 각오로 구원의 손길을 뻗어 구제한 문제
흘러가는 세월 속에 이래저래 미운 정 고운 정
혼탁을 이르는 사이 인생의 무상함 눈앞에 직면

공동 사회생활 그 어느 때 괴로움도 있었고
그 어느 때 좋은 선행으로 많은 사람에게 칭찬도 받고
일생에 좋고 나쁨에 대한 결산 하늘나라 가기 전
심판받아 보아야지

청춘의 고갯길

부모님의 사랑으로 이 세상에 태어나
알뜰한 보살핌으로 자라나는 사이
자신도 알 수 없었던 잔잔한 가슴에
거친 물결이 일어나 도움 없이 감내하기 어렵네

온갖 휘황 찬란한 영상이 마음을 흔든다
어떻게 감당해야 좋을지 망설여지는 마음
이성에 관한 자존심 때문에
늘 아끼고 사랑해 주시는 부모님이시지만

차마 말할 수 없어 자죽거리는 순간
마음에 안정 없는 곳에 정상길 가기가 너무 어려움
어이없이 흐트러진 마음 바로잡는데
정성을 다하지만 쉽게 잠재울 수 없네

일생을 통해 가장 푸르른 청춘 시절
어른들처럼 쉽게 바른 이성 지키기란
쉽지 않지만 최선을 다하는 곳에 시간이 해결해 주지
위기마다 지혜롭게 잘 대처하는 곳에
성숙한 인생 제대로 자리 잡아간다

희망 꿈나라

내 찾아가야 할 희망 꿈나라
여기 말고 또 어디 없을까?
하나님께서 주신 땅 여기보다
더 좋은 곳 어디 또 있을까?

현재 주어진 바탕 위에
열심히 갈고 닦는다면
수많은 세월 보내면서
찾는 꿈나라보다

더 좋을 곳 없으리라
괜히 현실 바탕을 외면하고
수많은 세월 아까운 청춘 다 보내고
좋은 세상 나라 찾아가는 것

다 허풍
다시는 그런 헛꿈 꾸지 말아야지
마음 다시 잡고 보니 청춘 기백
다 사라지고 쇠퇴한 몸만 남았네

안양천

지루하고 갑갑한 마음을 해소하기 위해
안양천을 찾는다
지저분했던 안양천 주변이

말끔히 정돈되어
산책길 자전거길
새 시대 발맞추어 잘 갖추어져
목동 아파트 단지 사람들이 몰려나와

가벼운 운동으로 몸 관리 마음 관리
시간 가는 줄 모르는 채 마냥 즐겁게만 질주하네
무겁고 지친 마음 강바람에 날려 보내고
다음 날 새 기분으로 하루를 시작한다

흐르는 물길 따라 걷노라면
잘 정비된 강바닥에 수정같이 흐르는 물속
잉어 숭어 황어 큼직한 물고기들이 떼지어
평화롭게 즐거이 뛰논다

마음의 정거장

자연과 더불어 사는 사물
고단하고 피로할 때
잠시 쉴만한 곳에
머물렀다가 다시 갈 길 재촉해 간다

그러나 마음은 쉴 틈이 없어
육체적으로 무거운 짐 짊어지고
가는 행차길 멀고 험난하여
고단할 때 마음으로부터 승낙받아 잠시 쉬어 간다

앞날을 종잡을 수 없는 막연한 미래
마음은 처연하고
계속 진행해 가는 길
미련도 후회도 다 묻어 버릴 처량함

지난날 뒤돌아보면
수많은 사연과 우여곡절
언제 마지막이 될지 예측할 수 없는 오늘
두려움 없이 여기에서 또 잠시 쉬어 간다

통일전망대

36년간 일본 속국에서 해방
나라 빼앗긴 말 못 할 서러움
가시기도 전에
38도 선으로 남북이 허리가 잘렸네

남쪽에서는 밤낮 좌우익 처절한 사상 살육전
1950년 6월 25일 북한 김일성은 소련의 사주받고 남침
유엔군 중공군 참여로 국제전 양상
3년간 밀고 밀리는 사이

수많은 재산과 인명이 수없이 희생된 이땅
결국 휴전으로 포성 전쟁은 멈추었지만
언제 무슨 돌발 사태가 벌어질지 긴급한 상황
인류 세상에서 급박한 상황 지대 언제쯤 면할 수 있을까

무겁고 안타까운 심정으로
통일전망대를 방문하여
군사적 대치 상황을 보니 눈물겹고 말 못 할
우리 민족의 한 맺힌 서러움 풀 길 속히 찾고 싶네

부모 사랑

사람으로 태어나
사랑을 맺어
자식이 태어나니
부모의 도리로

자식을 정성을 다해
밤낮없이 애쓰고 노력하건만
자식들은 이 애정 아는지 모르는지
부모로서는 그 보답 기대하지 않지만

자식은 부모의 은혜 잊지 말아야지
오늘날 산업사회가 걷잡을 수 없이
내달려가는 사이 젊은 세대가
부모의 진지한 사랑 잊지 말았으면

세상천지가 내일 어떻게 변해갈지라도
이성을 갖고 지상에서 숨 쉬고 살아있는 이상
부모의 사랑에 대한
자식 도리를 잊지 말았으면

뒤돌아보는 여유

유수같이 내달리는 세월 따라
한없이 따라만 가야 하나
아무리 세월을 무시할 수 없다지만
우리가 가고 있는 방향이 진정 원하는 길인지

이제 한번 뒤돌아볼 수 있는 여유를 가졌으면
아무리 달콤한 맛있는 음식도
한없이 먹는데만 정신을 팔다 보면
우리 몸에 당분이 지나쳐서 해로운지 아닌지

생각하고 점검해 보지 않고는 알 길이 없지
지혜로운 사람이라면
적절한 음식을 잘 조절해 먹으므로
큰 지장 없이 잘 유지해 나갈 수 있으련만

세상에 값진 보배라도
가져도 될 일이 있고 절대 가져서는 아니 될 일도 있지
유혹에 마음 팔지 말고 현명한 자제심으로
자신을 잘 다스린다면 인생에 큰 위험 부담은 없으리라

청춘의 꿈

바람 따라 구름 따라
흘러가는 세월에 청춘을 실었네
때로는 화사하게 꽃이 필 때 화려한 느낌
그 운명 다해 시들어질 때 못내 아쉬움

말없이 흘러가는 세월은
그 어느 누구에게도 구애 받지 않고
자기들이 가야 할 운명길 따라
수많은 생명체를 키워가며 같이 데리고 가지

사시사철 따라 펼쳐지는 아름다운 절기
넘어가는 장면마다 너무나 신기하지
누가 이래저래 시켜서 하는 일 아니지
스스로 타고난 운명길

흘러가는 세월 속에 청춘의 운명길도
마냥 왕성함 지속될 수 없지만
때로는 한 절기에 아름답게 피었다가 지는 꽃처럼
청춘도 피었다가 지기 전에 원한 꿈 한번 펼쳐보세

행복의 꿈

소리 없이 진행되는 세월
누가 애환 슬픔 있고
기쁨 있다고 해서
주춤거리며 쳐다보지 않는다

생명체를 갖고 사는 모든 사물들은
스스로 깨달음 잘 갖고 대처하지 않으면
자기 몰락은 시간문제
그런 의미에서 굽이굽이 고난을 잘 넘기는 사물은 기쁨 갖지

세상살이 자기 운명에는 밝음도 있지만
때로는 어두움도 있지
이런 말 못 할 우여곡절 잘 감안해
자기 운명 열심히 보살피는 삶을

고난의 기류 만나도 당황하지 않고
미리 대처해 놓은 방안 잘 활용해
행복이란 묘한 꿈 하루아침에 왔다 갔다 하지 않고
수많은 세월 타고
자신을 다짐하고 다짐하는 데서 이루어진다

효심

경제적으로 넉넉하지 못하지만
자식들은 부모공경심이 대단하니
풍요로운 가정집보다 어느 하나 부러울 것 없구나
사람으로 세상 태어나 예절을 잘 지키는 자식

부모가 애타게 소리 지르며 가르칠 필요가 없지
스스로 자기 소임 착실히 잘하므로
누구에게나 지적받을 빌미가 없으니
어디 가나 모범생으로 칭찬만 받지

집안이 풍요로운 가정집 자식들은 절제가 약한 생활
자유분방으로 인해 예절 공부가 모자란다
생명체를 가진 사물은 절도 있는 생활이 필수다
자기감정을 스스로 자제할 줄 모르면

이 세상에서 진지하게 이성으로 산다는 것
참 어렵고 스스로 감정을 잘 다스린 자
어디 가도 칭찬받고 좋은 인상 풍기지
효심이 지극한 자식은
부모에게 사랑받고 만인에게 존경받는다

부부 인생로

지난 그 어느 세월
참 감당하기 난감했던 비운
순식간 온몸을 휘어 감아 돌아갈 때
말 못 할 눈물 한없이 흘렸지

생각하면 할수록
잊어지지 않은 처절함
두 번 다시 앞길 가로막는다면
모든 자존심 내려놓으려 했는데

이제는 그런 비운 잊어져 가고
자식은 훌륭히 잘 자라나
부모의 공경심 깊어가고
새 시대 삶을 열어가는

알뜰한 정신 자세
과거 고통스러웠던 눈물 거두고
자식이 찾아가는 세상 눈여겨보며
고행의 징검다리 두 손 잡고 건너간다

양심의 정도

사람 사는 공동사회 치열한 경쟁 거듭하느라
마음 편히 지낼 여유가 없지
조금만 태만했다가는 말 못 할 후회스러움
이런 불미스러운 전철 밟지 않기 위해
지나치게 자산들을 다그치며
가는 길이 험하고 숨 가쁘지만

마음은 좀처럼 느슨함
허용하지 않은 엄한 지침 때문에
수시로 마음의 잣대와 저울로 재어보고 달아보는
우리 인생로

아무리 치열하고 다급한 현실이라지만
때로는 지나온 과거도 생각해 보고
앞으로 달려갈 미래도 점검해 보는
양심상 부끄럽지 않은 정도로 살면 좋겠다

자비로움

세상 길 가다 보니
말 못 할 시행착오
어디에다 잘못을 빌어야 좋을지

무거우면 무겁게 가벼우면 가볍게
스스로 양심의 도리 책임져야지
사람으로 세상 살면서
수많은 작고 큰일 저질러 놓고

별것 아닌 것처럼 무심코 지나치면
바른 세상 환경 요원할 따름이지
가난하고 어려움에 처한 이웃을
조금이나마 보살피는 자세

성스럽고 자비스러움 갖고 실천하는 자
진정한 인간애로 참 거룩도 하지
오늘날 고도화 발전을 거듭하는 문명사회
안녕을 위해 헌신적 자비를 베푸는 자
부족한 점 너무나 쉽구나

계곡의 아름다움

수천만 년 동안 형성된 깊은 산 계곡
줄기차게 흘러내리는 물의 힘
두드리고 쳐도 함부로 패이지 않은
계곡마다 파인 단단한 암석 진기도 하지

세상 살아가는데
작은 일 하나라도 쉽게 간단히 생각 마라
계곡에 파인 암석을 생각해 보라
수천만 년 장기적으로 시도한 결과

좀 더 나은 인생을 살기 위해
장기적 꾸준한 전략이 필요하다
만 가지가 우리 주위에 다 쉽게 보이지만
그것을 담당한 자는 상당한 정력을 바쳤지

오늘 세상 사는 나는 이 세상에 무엇을 해
이바지할 수 있을 것인지 깊이 한번 생각해 보자
누구에게나 주어진 시간은 귀중한 보배
보람없이 허송세월 보낸 뒤
후회한들 무슨 소용 있으리

우여곡절

겨울철 찬바람 분다고
원망한들 무슨 소용있으랴
사계절을 잘 감안해 고통스러운 계절
대책 잘 세워 위기를 면할
지혜로움 발휘해야지

알면서 사전 준비 없이 당한다면
이만치 무책임 이 세상 어디 또 있으랴
우리가 험난한 세상에서 잘 지낸다는 것
스스로 위기 대책 잘 감지하는 데 있지

이 세상 그 어느 사물도
인간만큼 위기 모면하는 사물은 없지
그나마 안타깝게도 인간이 인간을 제대로
믿지 못하고 의심하는 불행스러움
세상 그 어느 사물도 이만치 의심 갖지 않으리

인간은 이 세상 그 어느 사물보다
가장 많은 연구와 노력하는 자 없지만
서로 지나친 경쟁심이 도를 넘어
악의적인 발로가 불행을 자초한다

천운 인생

우리는 어디에서 이 세상 무엇 하러 왔는지
또 여기에서 하던 일 다 버리고 어디로 가는지
알려고도 하지 않고 또 안들 무슨 소용 있으랴
그저 세월 흐름에 동반자 되어 흘러갈 따름이로다

이 세상에 잘 왔다고 한들
일하며 노래하며 하루하루 사는 인생
운세 좋은 날 하늘에 고맙다고 인사하고
운세 나쁜 날 신세타령하며 하늘을 원망하지

이 세월 저 세월 보내는 순간들
미움도 즐거움도 다 운명에 동반자
굽이굽이 우여곡절 넘나들다 보면
인생은 벌써 서산에 넘어가는 해와 같구나

험준한 세상살이 비관하지 말고
자기에게 주어진 인생 도리 성실히 임하다 보면
고통의 그늘에도 광채가 들어와
자신도 기대하지 못했던 서막에 환희를 맞이하리

꽃다발

마음의 고통에서 벗어나려고
괴로움을 참고 또 참아본다
완성시켜야 할 일 너무나 힘겹지만
조금도 주저 없이 계속 진행

결국 몸도 정상으로 완쾌되어가고
자연의 모든 사물들을 보는 생각
옛과 다름없는 정상궤도로
오늘도 달리고 내일도 달리련다

가까운 친구와 친척들
한번 뵈러 오는 기쁜 정성 마음
꽃집에 가서 싱싱하고 아름다운
여러 꽃송이 한 묶음 싸서

반가이 찾아와 맞이하며
꽃다발을 가슴에 안겨주시니
새 삶 인생길 가는 기분
정말 반갑고 정다움 활기찬 우애로다

조류

넓은 푸른 바다에서
밀려오는 조류(潮流)
육지 백사장에 다다르면
파장을 일으켜

모래알이 파도에 씻기고 씻겨
은모래 금모래로 변해
아침 햇살에 아름다운 영롱 광채
이 세상에 살며 귀중한 볼품 감상

우리가 세상 태어나
무엇을 보고 배워 일생 동안
업을 삼고 살아야 좋을지
망설이던 시절도 다 가고

비로소 아침 해가 동산에 뜨면
자신도 주저 없이 생활 습관화되어
하루 종일 일터 나가 일을 하다 보면
언제 서산에 해 저무는 줄도 모르네

청산(淸算)

수많은 잡다한 일거리
마음에 가득 차 빼곡하다
빨리 정리하지 않으면
제대로 챙겨야 할 일마저 놓칠 위기

왜 못난 것들이
자기 좋아하는 곳을 찾아가지 않고
싫어하는 곳에 꾸역꾸역 찾아드는지
염치 예의도 없는 것들 더 허용해서는 아니되

절박한 대기만성 위기 발로
애당초 갖지 못할 것들을
비좁은 마음 공간에 담지 말아야 했는데
지금 비록 잘못을 뉘우쳐보지만

너무 시간이 지나 때가 늦은 감
쫓겨나야 할 못난 것들이
오래 머물렀음을 빙자해 주인행세
아무리 오래된들 같이 갈 수 없는 운명
청산 외 다른 방법이 없구나

마음의 희망봉

온화한 환경 진행되니
불안했던 마음은 안정을 이루고
멀리만 생각했던 꿈의 희망봉
날로 앞당겨질 공을 쌓는다

끈질기고 지겨운 부담 이행하느라
근심 걱정 잠재울 날 없었지
그렇다고 해야 할 책무 무시해버리면
앞으로 밝은 날 맞이할 기회 더 멀어만 가지

비극적인 과오 짊어지지 않기 위해
매일 태산같이 쌓여 앞을 가로막는 적막들
자신이 치워 해결하지 않으면
이 세상 그 어느 누구도 대신 치워 줄자 없지

수많은 긴 세월 고통과 싸워나가는 사이
절망에서 희망으로 진화되어 가는 운명
비극은 날로 축소되고 희망 끈은
마음을 얽어매는 좋은 기회 얻게 되네

운명의 시절

거대한 자연도 고요한 분위기
제대로 지킬 수 없는
타고난 운명을 갖고 사는데
누가 책망한들 무슨 소용있으랴

하물며 보잘것없는 우리 인생
좋은 풍요로운 기회 맞이했을 때
잘 간수 하지 못한 채
이래저래 낭비하는 습관

세상 어느 누구에게나
좋은 기회 마냥 머무를 수 없지
고난의 시절을 사전 철저히 대비 못한 인생
화려했던 추억 생각한들 무슨 소용 있으랴

지혜롭고 현명한 인생
여유 있는 시절에 고난의 시절을 맞이할 때
초라함 보이지 않기 위해 알뜰히 대비한 인생
씀씀이 자제 못 한 인생 신세타령하지만
고난의 역경을 슬기롭게 잘 넘긴다

행복을 찾아가는 길

험난한 세상 파도 타고
가는 인생길
많은 장애가 앞을 가로막네

죽기 아니면 살기로 운명을 걸어야 하는
처절한 안타까움 스스로 감수하며
중단없이 가야 한다는 마음 결심
어느 세상 하늘 아래 이런 운명 갖고 또 태어나랴

처음 출발 때 끝도 희망도 보이지 않던 인생길
누구에게 일일이 가르침 도움받고 하는 것마저
쉽지 않을 뿐 그렇다고 걸어온 길 되돌아갈 수 없고
오늘도 죽지 않은 이상 걷고 또 걸어야 한다

하늘 보고 바다 보고 땅 보고 스스로 터득해 살아가는 길
변치 말고 착실히 살다 보면 언젠가 황혼 파라다이스 안겨주리
어렵다고 누구에게 의지할 마음 지우고
알뜰살뜰 보살피며 길러주신 부모님을 생각하고
오늘도 쉬지 않고 살아간다

나의 영혼

우주 공간에 정처 없이 떠도는 유성처럼
몸과 마음이 제대로 정착하면
아무런 지체 없이 제 할 일 다 하련만
오늘도 마음의 온당성 정착시키지 못해

세월 따라 사는 인생이다 보니
영혼이 미리 앞 상황 잘 살펴
가는 길 앞 덫이 없는지 열심히 감지해
알려주는 길잡이 거룩도 하지

세상 나의 인생길 마냥 평온하지 않음을
이성을 잘 알고 영혼이 파악해 알려주면
지혜롭게 대처해 사고 없이 나아가며
완만한 인생 항로 좌초 표류 없이 잘 나가지

자연의 무수한 아름다움에도
보이지 않는 수많은 함정 있기 마련
쉬지 않고 무한한 공간에서
열심히 보살펴 인도하는 나의 영혼이여

청춘의 파라다이스

세월은 어디에서 와 어디로 가는지
알길도 없지만 알려고 하지도 않네
자연기류 원한다고 마음대로
왔다갔다 할 문제도 아니로다

내 청춘 다 저물기 전
해야 할 희망사항 있다면
주저 없이 사력을 다해
꿈을 실현시키는 외 다른 방법은 없다

수많은 사람이 값진 인생을 살기 위해
온갖 수단 방법을 다 동원하는 긴박한 인생살이
조금 느슨한 마음 갖고 여유 부리다가는
누가 나의 코를 베어 가는지 알 길이 없다

진지한 인생길 정립된 자
가는 길 험난하다고 함부로 말하지 않는다
죽느냐 사느냐 무거운 결단 없는 곳에 청춘의 아름다운 꿈
저절로 이루어지는 것이 아니라
자기 애끓는 노력으로 이루어진다

인생길

험난한 세상 길 가다 보면
수많은 우여곡절 감당하려니
서글프고 나약함이 가슴에 차오르고
죽느냐 사느냐 두 결심 각오로 임한다면

때가 되어 무엇인가 결판이 가려지겠지
한 세상 두 번 다시 태어날 수 없는 소중한 운명
누구에게 맡길 수도 없고 태만하면
자멸 길 재촉하는 서글픔만 짊어지지

운명이란 한 인간에 두 번 다시 없는 소중함
자신도 함부로 좌지우지 못 하는 엄한 지침 있지
어느 누구도 자기 운명을 기쁘게 해줄 자도 없다
가진 지혜 다 동원해 허물어져 가는 마음 바로 세워

험난한 인생길 굽이굽이 넘다 보면
절망에서 희망으로 마음 바로 세워져
고통도 참고 위기 극복에 자신감 얻어
애매 모호했던 서글픔 다 사라지고 바른 인생길만
확 트이네

부고

먼 미국 뉴욕에 사시는 박병수 목사님
사모님께서 소천하셨다고
소식 전해 오시었네요
누구든지 언젠가는 가야 할 운명

박 목사님께서 일찍 미국으로 이민 가셔서
삶에 대한 수난 이루 말할 수 없는
수많은 인생 곡예 넘고 넘으면서
남달리 성직자란 사명을 짊어지시고

하나님의 거룩한 참뜻 실행에 어긋남 없이
한국에서 유학을 오거나 아는 사람이 찾아오나
조금도 거부감없이 평생 어려운 자를 돕는 선행 선구자

길 잃은 양들을
남편이 집으로 모셔오면 조금도 내색 없이
먹여주고 재워주고 여비 주고
수많은 어려운 사람들을 인도하는데 큰 조력을 하신 사모님
천국에서 만나요

2부

청산이 좋아

남풍이 불어오면

차가운 장막 속에 갇힌 생명체들
따스한 기온 선물 가져올 계절
한없이 동경하며 기다려지는 마음
겨울 동안 겉치장마저 다 걷어간 냉엄함

태양은 사력을 다해 강한 열을 발산하지만
차가운 겨울 세찬 눈비 바람 자제할 줄 모르는 채
세상 사물들은
거칠고 혹독함에 견디어 내기가 힘들다

겨울 동안 죽지 않고 살아남기 위해
온갖 지혜 다 동원해 보지만
열악한 수많은 사물들은 스스로의 삶을
포기해야 할 처절한 운명 누구를 원망하리

지독한 혹한 계절도 한계가 있는가
남쪽에서 불어오는 남풍에 소리 없이 사라지네
누가 세상의 자연 기류를 이렇게 만들었는지
그래도 만물을 생동시키는 남풍이 불어온다

사계절 풍경

이른 봄 산천마다
새 생명들 움터나고
따듯한 봄바람에
아름다운 꽃봉오리 맺어 선보이네

여름내 따가운 햇살에
쏟아지는 빗물 먹고 한없이
몸통 키워 가지마다 새 잎새
넓은 공간 퍼져나가는 기상

가지마다 꽃잎 지고 나면
주렁주렁 매달린 열매
사늘한 가을바람 산들에 오곡 열매 익어가는 냄새
넓은 우주공간 끝없이 퍼져나가는 풍요로움

차가운 기온 온천지에 눈이 내리면
활기찬 날짐승들도
다 어디로 가고 절박한 기류 피해
땅속, 깊은 숲속 피신해 숨 쉬고 있다

감나무 감

무성했던 잎새
저승길 다 가고
찬바람 밤낮 쉴 새 없이
부는 통에 초라한 몸체만

가지마다 빨갛게 대롱대롱
매달려 익어가는 홍시
쳐다보면 먹고 싶은 유혹
떨쳐버릴 방법이 없구나

여기저기 어디서인가
먹이 구하지 못한 이름 모르는 새들
찾아와 열심히 부리로 쪼아 먹네
감나무야 너는 사람에게도 이롭게 하고
날짐승에게도 이롭게 하는구나

우리는 사람으로 태어나
자기 실속만 챙기고
세상 만물에게 도움 제대로 주지 못한 채
슬픈 인생 살다가 세상 떠나는구나

겨울 문턱 숙제

자연이 주는 사계절
그중에서 겨울은 혹독하고 냉엄한 계절
훈훈한 계절 때 사전 준비 소홀히 한 자
상당한 대가 치를 신세 면할 길 없지

해마다 거치른 겨울나기
지옥에서 몸부림치는 애타는 신세
하늘에 빌고 구원 요청한다고 될 일 아니지
가지고 있는 지혜 잘 발휘해야 한다

어려운 겨울의 절박감 슬기로운 대처
우리가 사는 세상에는 작은 고통 큰 고통
수시로 운명 선상에서 넘나들지
이를 절도있게 잘 대처하는 순간

마음의 평온함 안정을 찾아
내일에 좋은 인생관 재도약 기회 얻지
고난의 구비 대처할 생각 자질 갖고 있으시면서
능숙히 대처 못 한다면 절망과 죽음이 엄습한다

씨앗

세상 넓은 농토에
수많은 씨앗 모종 뿌리고 심는다고
풍성한 가을 추수 기대한다는 것
좀 어리석은 면 있지

지혜로운 자
자기가 보살피고 관리할 수 있는
땅을 잘 선정해
새봄 시작 만물이 싹트고 새 기운 얻는 절기
농부가 토질 성분에 따라

씨앗이나 모종을 총총 뿌리거나 심지 않고
적절히 배열해 뿌리고 심어
열심히 정성을 다해 가꾼다면
가을날 알찬 추수 기대할 수 있지

넓은 들판에
따가운 햇살 받으며
시원한 가을바람에 물결치는 오곡
가을날 풍요로움 수많은 사람에게도 기쁨을 주네

펭귄

북극에 무리 지어 사는 새
혹독한 눈보라 휘몰아침에도 굴하지 않고
알을 낳아 영하 4~50도 차가운 동절을 극복해
새끼가 알에서 깨어나면 어미가 품속에 알뜰히 보살핌

참으로 대견하고 신비롭구나
한번 짝을 맺으면 부부간 정겨움
죽을 때까지 변치 않는 그 정성
인간이 아무리 지혜롭다지만 이런 짝 보고

배울만한 가치가 있지 않을까
그 어떤 고난이 있어도 냉대하지 않고
헤어지지 않는 그 위대한 맺은 언약
하늘인들 그들 두터운 부부 간 애정 어찌 알 수 있으랴

한 부부가 새끼를 품고 보살피고 있는 사이
한 부부는 동료들과 차갑고 거치른 파도를 타고
먼 바다로 나가 먹이를 뱃속 가득 채워
다시 육지를 찾아 한 짝 부부와 새끼에게 뱃속 가득 찬
먹이를 토해 먹이는 정성은 참으로 위대하구나

동백꽃

세상에 수많은 꽃이 피어나지만
너만치 바람 많고 파도 많은
섬나라 태어나 어릴 때부터
땅속 깊이 쉽사리 뿌리 내리지 못해

자라나는 동체 감당하기가 너무 어려워
돌 틈 사이사이 어렵게 뿌리 내려 감아
죽기 아니면 살기로 전심전력 다했지
성숙한 몸체 세상에 퍼져나가는 활력

참 굳건하고 용감스러운 자태
누가 보아도 감미롭지 않을 수 없구나
내일 무슨 바람이 불고 파도가 쳐도
겁먹지 않은 늠름한 모습 참 대견하고 꽃마저 피는구나

우리가 사는 인생살이 너에게 배울 점 많아
조금 비바람이 몰아쳐도 겁먹는 처절한 모습
아무리 진정시켜도 약삭빠른 감정 사람으로 태어나
그 성격 함부로 고쳐지지 않은 미완성 네가 너무 부럽구나

겨울의 혹독함

사계절 중 가장 힘겨운 계절
그렇게 활기찬 만물들은
그 기세 다 어디 가고
고요한 적막만 흐르는 세상

누가 시키지 않아도
스스로 살아남기 위해
산, 들짐승들은 땅속 깊이
굴을 파 피신해 있지

사람들도 겨울을 이겨내기 위해
여러 방법을 동원해
겨울의 차가운 고통스러움을 슬기롭게 넘기기 위해
열에너지에 몸을 의지한다

자연의 무자비함
순응하며 살아야 한다는 마음의 지침
겨울의 혹독함 자연에 나무랄 수도 없고
계절 따라 잘 대처하는 자만 살아남는다

봄기운

인정사정없이
눈보라 휘몰아치는
차갑고 사나운 계절
그 수명도 한계가 있겠지

평온해야 할 우리 마을 삶터
지나친 굴절이 많아
그 어느 때 온화한 기류 찾아올 것인지
목매어 기다림 간절하구나

못된 버릇 가진 자들이
자기들 세상 내 주지 않으려고
갖은 기만전술 자제 없이 남발
이성 가진 서민 보기에 너무 꼴사납구나

정답고 평온해야 할 우리 마을
다시는 질병처럼 퍼져오지 못하게끔
혹독한 동절을 밀어내듯이
속 시원한 봄기운으로 쫓아내어야지

목련이 필 때

화려했던 화단이
겨울 동안 쑥대밭이 되었구나
운명을 다한 각종 단풍 잎새들
북풍에 흔적 없이 날아가 버리고

그나마 떠나가지 못한 것들은
화단 구석마다 겹겹이 쌓여
새봄을 기다리는 각종 꽃나무
거름이 되어 줄 것을 잊지 않고

차가운 겨울 기운이 떠나기 전에
다른 꽃나무들은 잎새 눈도 트기 전
백설같이 고운 자태로 피어나는 목련
세상 사정 어려움 골몰하는 인사들

너를 쳐다보는 이 마다 수심 찬 근심 걱정
사악한 감정 다 잊고 선행하는 마음 고쳐먹네
짓궂은 자연의 찬 기류 빨리 가지 않는다고
원망도 실토도 없이 때만 기다린다

보름달

어린 시절 우리 동네 옆 동대산
앞에 끝없이 펼쳐진 푸른 태평양 바다
불어오는 행운의 바닷바람 맞이하면서
친구들과 달맞이 원두막을 지어

저녁 푸른 먼바다 지평선에서 둥근 보름달이 떠오르면
일제히 환호하며 지어놓은 달맞이 원두막에 불을 지른다
활활 타오르는 불꽃에 지난해 근심 걱정 다 태워버리고
새해 좋은 행운 둥근 보름달에 빌어 맞이 한다

사람들은 누구 할 것 없이 다 소원이 있지
그렇다고 해서 쉽게 이루어지지 않음을 안다
그러나 하나님께도 빌고 스스로도 열심히 해야 하고
노력하지 않은 곳에 소원성취란 있을 수 없지

세상 앞길 어느 누구도 장담할 수도 없고 알 수도 없다
자신이 자신을 다짐하고 열심히 애쓰고 노력한 자
누가 갖다주는 것도 아니고 또 세월이 갖다주는 것도 아니다
오직 스스로 애쓰고 노력한 대가인
보답에 대한 결과가 소원성취로다

봄이 오면

산 넘어 고개 넘어 누가 살기에
해마다 봄바람 불어오면
꽃바구니 옆에 끼고
산나물 뜯으러 가자고 재촉하나

남쪽에서 불어오는 남풍 타고
고사리 취나물 온 산에 널려 퍼져나고
빨리 뜯으러 오지 않으면
산토끼 노루들이 다 먹어 치운다네

산고개 고개마다 진달래꽃
화사하게 곱게 핀 그 아름다움
어느 누가 그 정성 다해 맞이해주리
고운 님과 같이 기다리는 산나물 뜯으러 가세

아늑한 산골짝마다
부드럽고 따뜻한 햇살에
봄바람 꽃향기에 취한 마음
순진한 처녀들의 가슴을 설레게 하네

꿀 먹는 꽃꿀 새

화창한 날씨에
아름다운 꽃들이
산들에 곱게 피어나고
벌 나비 춤을 추며 벌꿀 따러 가네

꽃꿀을 주식으로 하는 꽃꿀 새
벌 나비 꽃꿀 다 따먹기 전
사력을 다해 꽃꿀 새들이
여기저기에서 모여드는

화려한 자태가 진기도 하지
이 세상 외 어느 세상에서
꽃꿀새 꽃꿀 먹는 화려한 장면
어디에서 또 볼 수 있으랴

우리가 사는 이 세상에서
수많은 화려한 장면을 볼 수 있지만
꽃꿀 따는 벌과 꽃꿀 먹는 꽃꿀 새
이 아름다운 장면 참 감미롭기도 하지

산불

아름다운 초목 사이로
이름 모르는 꽃들이 피어나려는데
산자락 모서리에 모락모락 피어오르는 연기와 함께
작은 불씨가 불어오는 세찬 바람 타고 온산에 번져간다

죄 없는 수많은 초목들은 날벼락 맞은 듯
온산에 자욱한 연기와 불꽃으로 순식간에 재가 되네
곁들어 사는 수많은 산짐승들
이리 뛰고 저리 뛰고 살길 찾느라 혼비백산

하늘이 무심하다고 원망해야 좋을지
생각지도 않은 산불이 위험을 재촉하니
신속히 자력으로 피신하는 것만
자신의 생명을 구제하는 유일한 요소

자연은 거룩한 생명체들을
때로는 정겹게 보호해주지만
때로는 말못 할 불운을 안겨주는 처절함
다 접고 오직 이 위기를 극복해야만
다시 새로운 생명길 찾아갈 수 있지

거북

넓고 깊은 푸른 바다에 살다가
알을 낳으려 태어난 백사장을 찾아드는
그 참뜻을 누가 알리

수많은 백사장
적당히 찾아가 알을 낳으면 될 텐데
굳이 머나먼 여정
수많은 우여곡절 괴로움 다 감수하며

자기가 태어난 해변 백사장
찾아드는 이유가 있을 터인데
우리는 그 사연 알 길이 없구나

이성과 민감한 지혜를 가진 인간도
어릴 때 태어난 마음의 고향
항상 그리움 잊어지지 않지
천박한 사물이지만 거북이의 진정한 고향

묵호에서 고성까지

끝없이 뻗어나간 자동차 길
오고 가는 바쁜 일정
내달리는 차장 바깥
널따란 바닷가 백사장 알알이들

따가운 햇살에 반짝이는
금모래 은모래 곱기만 하네
넓은 들녘에 파랗게 자라나는 벼
옥수수 감자 수많은 작물들

보기만 해도 풍요로움
마음 기쁘기 한량없구나
높은 산 산마다 우거진 숲
빈틈없이 빽빽히 들어선 참모습

맑은 시원한 산소 공기 품어내는
하루가 모자라는 즐거운 여행
어느 세상에서 이 고마운 풍경 선사 받으리
우리 조국강산 들 바다 모두 기쁨 주니 고맙기 그지없구나

여름 햇살

뭉게구름 두둥실
떼지어 놀러 오건 만
따가운 햇살에 견디지 못해
식물들은 메말라 잎새가 타들고

들판에 곡식들은 빗물 얻어먹기 위해
살랑 부는 바람에 가지마다
잎새들이 아양을 떨며 춤을 추지만
비구름은 어디에서 잠을 자고 있는지

이 더운 열기 식혀줄 자 어디 없는가
만물은 다 타죽을 운명 선상에서
울고만 지내야 할 슬픈 나날
바람아 장난치지 말고

하루속히 비구름 몰고 와서
이 슬픈 세상 만물들의 운명을 구해다오
자연의 성품 제대로 읽을 재주는 가졌지만
그 자태 하는 일 좌지우지 못 하는 우리 인간일세

장미꽃

꽃을 사랑하는 꽃밭 주인
여러 다양한 색채 꽃
아름답고 화려한 조화
정겹게 피어나는 아름다움

너무나 향기롭고 고운 정겨움
꽃 중에서 정열에 불타는 장미꽃
여러 꽃보다 더욱 마음을 돋구는 꽃
해지기 전에 활짝 다 피어다오

허젓한 마음을 더 화사하게
즐겁고 아름다움을 주렴
세상에 피었다가 말없이 지는 꽃
누군가 말하기 전 화려함 잘도 펼쳐

슬픈 가슴들 곱게 빚어 장식해 준다면
한 절기에 외롭게 쓸쓸히 접는 것 보다
반겨 맞아주는 동반자 있어
알지 못한 저승길 외롭지 않으리

뜬구름

햇빛 찬란한
저 먼 푸른 바다
섬들이 옹기종기
형제같이 정답구나

복잡한 도시 문명
새로운 나은 삶 얻기 위해
여기저기 골목마다
줄기찬 세공들 기술 연마

쉴 새 없이 일하느라
세월 가는 줄 모르고
맡은 주문 제때 완공하느라
사력을 다하다 보니

언제 네 인생이
여기까지 왔는지
세월에게 물어볼 수 없고
자신에게 물어본다

벼

넓은 들판
불어오는 남풍에
하늘 무서운 줄 모르고
마음껏 자라나는 벼

농부들은
세상 사람 먹여 살릴
벼농사 일에
한치의 애석함 없이

천직으로 살아가는
기쁜 마음
고된 일 종사에 좋게 볼 자 없어도
하늘은 우러러 격려해 주시지

농부의 손길 가는 곳마다
잡초를 제거한 풍성한 벼
고추잠자리 찾아와 반가이 맞이해
가을 풍년을 기약해 주네

황어 떼

아침에 호화찬란한 둥근 해가
동해 먼바다에서 치솟는 사이
바닷가 백사장에는
나부끼는 파도가 밀려오고 나가고

이름 모를 수많은
작은 벌레들이
아침 햇살에 먹이를 찾는지
환상에 젖어 춤을 추는지

나부끼는 바닷가 수많은 황어 떼가
밀려오는 파도 타고 왔다 급히
미쳐 뛰어 날뛰는
벌레를 잡아먹느라 정신이 없네

욕심을 부리다가
미처 바닷속에 들어가지 못한 황어
죽을 사력을 다해보지만
어쩔 수 없이 우리 손에 잡히고 마네

가을 길목

사늘한 가을바람 타고
깊은 산 계곡에 맑게 흐르는 물소리
들판에 무르익어가는 오곡 가을바람 타고 황금빛 물결
하늘에는 솜뭉치 흰 구름 두둥실 춤추며 떠간다

사람 사는 세상 민감한 정서
여름 더위에 견디지 못해
속살 보이던 옷 다들 자취 감추고
몸 건강에 신경 곤두세우며

열린 몸 가슴 보호 위해
단추 제대로 잠그고
여유 있었던 마음도 다급해지는 마음
다가오는 차가운 동절에 살아남기 위해

초봄부터 모종해 여름내
열심히 정성 들여 가꾼 풍성한 농작물들
풍년 추수 기대하며 빈 곡간마다
알곡 가득 채울 생각하니 마음마저 풍요롭다

진달래

이른 봄 이 산 저 산 온 천지
울긋불긋 피어나
산고개 고개 넘을 때마다
괴로운 마음 달래주던 진달래꽃

이제는 다 어디 가고
사늘한 가을바람에
그 잎새마저 누렇게 물들어
어느 세상으로 가고 있는지

계절은 우리 마음을
기쁘게 해 주기도 하고
때로 슬픔을 주기도 하지
다음 새봄에 화려함 약속하지만

우리 사는 인생에 오늘은
가을의 풍요로움 기쁘기 한량없지만
내일은 무슨 바람이 불어올지
북풍에 대나무가 휘고 전선 줄 우는 소리
내 마음도 같이 울려나

노을

아침 태양을 맞이하며
하루 일과가 시작되는
생명의 일터
잠시도 헛눈 팔지 않고

정성을 다하는
주어진 책무
하나의 허점도 용인 못 받지
이런 숙달 익히느라

말 못 할 시련 다 겪고 나니
인생에 알찬 보람
축복받는 기분으로
오늘도 하는 일에 믿음 갖네

열심히 노력하는 곳에
바른 인생길 기대 갖고
희망찬 하루 일과 서산 지는 햇살 받아
찬란한 노을 바라보니 너무 감격스럽네

옹달샘

높은 등산 중턱 오솔길 옆에
자리 잡은 옹달샘
등산객 모여드니
서로 정답게 인사 나누고

이마에 맺힌 구슬땀 식히느라
옹달샘 내려가 얼굴 내밀며
청수 한 바가지 떠 마시면
고단한 피로감 순식간 사라져버린 쾌감

산에 오르지 않은 사람
평소 못 느껴 보는 이 시원함
어느 세상에서 맛볼 수 있으랴

여기저기에서 자연을 벗 삼아
노래하며 사는 산새들도
목말라 갈증을 해소하기 위해
옹달샘 찾아들어 한 모금 두 모금 마시고
목청을 가다듬어 한 곡조 선사하네

자연이 주는 저승길

온 산천이 그렇게도
활기찬 청청한 기세
그 어느 누구도 꺾을 수 없는데
결국 자연 흐름에 굴복하고 마네

산산고개마다 수액 찬 나무 잎새
그 어느 누가 물감 가져와
보기 좋게 그림 그려 수놓아주는지
알고도 모를 듯

사람들은 남의 속도 모른 채
저승길 눈앞에 둔
수많은 나무 단풍 잎새 경치 보고
아름답다고 즐기는 모습

참 가소롭기 짝이 없지요
인간이 사는 자기들 세상도
정답게 제대로 다독거리지 못하면서
이 세상 하직하는 나무 잎새 보고 즐기다니

겨울 철새

세상에 따뜻함이 싫어
차가운 겨울을 찾아가는
날짐승들이 있으니
신기하기도 하지

차가운 북풍으로 온 세상이
죽음의 아수라장이 된
겨울철의 풍경 참혹도 하지
이런 환경을 선호하는 사물이 있다니

따듯한 환경에서
그렇게 혈기 왕성했던
식물이나 동물들은
찬 바람이 불어오는 세상이 싫어

땅속 깊이 들어가거나
남쪽 나라로 찾아
살아가는 처세 지능
사람인들 어이 지대한 관심없으랴

냇가 물결

돌 자갈 굴리며
힘차게 흐르는 물결
가는 길 가로막을 자 없지만
그 가는 곳이 어디로인가

우리 사는 인생도
냇물처럼 가는 곳은 알지만
차마 말할 수 없는
무언의 기현상

다 알고 말하면
사는 보람 허물어지지
자신이 자신을 속이며
사는 것이 아니라

알면서 말할 수 없는
마음의 생각을 억제하며
사는 것에 보람을 느끼고
내일 마지막일지라도 오늘 만족감

유채꽃

겨울 동안 모진 시련 다 겪고
이른 봄 저 먼 넓은 태평양 바다에서
불어오는 따스한 바람 타고
노란 선명한 색깔로 바닷가에서 피어나는 모습

우리들의 마음을 더욱 정겹게
다짐 주는 자연의 싱그러움
어느 누가 이 세상에서
저렇게 선보일 수 있으랴

여기저기에서 벌들이
꿀을 따먹기 위해 날아드는 진기함
이 세상 외 어느 세상에서
또 볼 수 있으랴

자연은 때로
지나친 면 있어서
거부감 있지만
이런 환경 조성은 고맙기도 하지

코끼리

세상 육로에 사는 동물 중
가장 덩치가 큰 너
날렵한 면은 없지만
육중한 몸체를 가지고 세상사는 묘미

참 신기도 하고 거룩도 하지
비록 몸은 민활하지 못하지만
속 생각은 깊고도 정확한 면
이 세상 어느 동물이 대신하리

넓고도 험준한 메마른 사막에 살면서
그 어디에 물이 있고 목초가 있는지
잘 알고 찾아가는 신기한 감각
하늘이 가르쳐준 사실도 없을 터인데

비록 덩치가 크고 둔하지만
새끼나 어린 것들을 철저히 보호하는 심령
넓고 험준한 사막을
오늘도 너는 걷고 있구나

돌무더기 섬

안양천 중심부에
들물일 때 잠기고
날물일 때 드러나는
작은 돌무더기 섬

먹이 활동을 하다가
힘이 부쳐 다양한 새들이
잠시나마 몸을 가다듬고
쉬는 작은 안식처

종족이 다른 새들이지만
텃세나 시기하지 않고
평화롭게 서로 공유하는
정다움 신기하고 보기도 좋지

오리 부부 갈매기 두루미 가마우지 등
다양한 새들이 햇빛에
깃털을 말리고 부리로 몸단장하느라
자기 일에만 열중하는 이곳에 평화가 깃드네

청산이 좋아

하늘에 뭉게구름처럼 치솟은 산들
지난겨울 앙상했던 모양새
다 어디로인가 자취 감추고
푸른 가지마다 잎새가 깃발처럼 나부낀다

허전했던 산천 분위기 흔적도 없이 변해
날마다 울창함 더 짙어만 가니
산에 사는 날짐승 모두 좋아서
한가로이 마음 편히 아름답게 핀 꽃구경

계곡에 졸졸 흐르는 냇물 속에
이름 모르는 수많은 물고기들
서로 다투지 않고 정겨운 분위기
물총새 다가와도 겁내지 않는다

산이 좋아 찾아드는 수많은 등산객
숲에서 뿜어내는 시원한 산소
어디 가도 두 번 다시 못 마실
이산 저산 울창한 환경 감상하느라 바쁘기만 하다

뻐꾹새

자유롭게 유유히 흘러가는 냇가
절벽 바위틈에 모지게 자라난
엉성한 나뭇가지에 앉아
구슬프게 울어대는 뻐꾹새

세상 사는데 어디
만 가지 어려움 없을 줄 아는데
그에게도 말 못 할 사연이 있는가 봐
어느 누구에게도 하소연할 길 없어서

오늘도 처량하게 울어대는 구슬픈 소리
언제쯤 그칠 수 있으랴
말 못 하는 날짐승이지만
그 울음소리 세상에 퍼져나니

말이 잘 소통되는 우리에게도
감정이 북받쳐 슬픔을 감출 길이 없네
넓은 세상에 마음껏 활개치며 사는 너
한정된 우리 삶보다 그래도 나으리라

유실수

불어오는 남풍 온기에
넉넉히 잘 자란 열매들
오늘도 먼저 충실한 것부터
익혀주는 세월이 고맙구나

다 같이 어미나무에서
맺은 형제 열매지만
먼저 후에 익는 차별이 있구나
그러나 다툼없이 세월에 맡기네

말없이 자연의 순리에 따라
잘나고 못나고 차별 없이
흘러가는 세월 보고 원망하지 않고
못생긴 알알도 한세상 운명

우리가 사는 인간 세상
자기도 못난 성품 갖고 있으면서
다른 사람보고 흠집 잡고 흉보는지
잘난 척하는 우리도 과수 열매 본받을 점 있구나

호두알

여름 햇살에 빗물 먹고
풍성하게 자란
호두나무 가지마다
수없이 주렁주렁 달린 호두알들

먼저 자란 것들은
따가운 햇살에 익느라고
자신이 돌볼 여력도 없이
세월이 다 감당해 익혀주네

사람들은 장대를 들고
호두 알 터느라 시간 가는 줄 모르는 사이
여기저기 떨어진 호두알들을
바구니에 주워 담는 흐뭇한 마음

이 세월 다 가기 전에
호두알 까서 먹는 고소한 향기
입맛은 더 많이 빨리 먹고 먹어도
질리지 않은 진미 참 거룩도 하다

구관조

세상에 수많은 새들이 살고 있지만
구관조 새처럼 사람 마음 잘 알고
말귀 흉내 내는 새 그리 많지 않으리
타고난 천성 나무랄 길 없지만

사람들은 신기하고 재미에 매료되어
보잘것없는 날짐승이 겁 없이
사람의 목소리 흉내 내는 처사
가소롭기 짝이 없지만

작은 덩치로 세상 사는 멋
지혜로운 그 목소리 너무 신기로워
한번 듣고 두 번 듣고 목에서 굴러 나오는 소리
진미로워 미움보다 정다움 느껴지지

공중에 수많은 새들이 날아다니지만
자기에게 이로운 목소리만 내지
사람과 정다움을 갖기 위해 소리 내는 새
세상에 그리 많지 않으리

까치

어릴 때 시골집 앞마당 나뭇가지에 앉아
아침마다 깍 깍 인사하는 정겨움
비록 말 못 하는 날짐승이지만
그 심덕이 너무 거룩한 참모습

미운 짓 하는 사람보다 낫지
자연을 벗 삼아 사는 생애
논밭에 씨뿌리지 않고
천지 사방에 먹잇감 찾아 먹고 사는 너

욕심이 많거나 마음이 사악해
다른 작은 날짐승을 못살게 하는
심술이나 야망도 없는 청결함
이 세상에 보기 드문 까치의 바른 삶

사람에게 해로움을 주지 않으니
사람도 너에게 미운 감정 없고
아침마다 깍 깍 인사하는 정성
오늘도 아무 탈 없이 잘 지내기를 마음으로 빈다

둥근 달

내 마음에 뜨는 둥근달
고운 우정 나눌 정다움
어디 하나 티 없는 맑은 자태
그 어느 곳 흠잡을 곳 없구나

흘러가는 구름 속에
갇힌 운명인들
누가 못 마땅하게 여길 자 있으랴
그 가진 성품 어느 누구인들 비할 바 있으랴

세월은 말없이 흘러가는 사이
때로는 슬픔도 기쁨도 주지
밝은 둥근 달 언제 보아도 티 없는 깨끗한 자태
쳐다보고 쳐다보아도 싫증 나지 않는 둥근 달

세상에 수많은 사물이 있지만
너만 한 모습 보기도 어렵구나
우주 공간에 말없이 왔다가는
그 진지함 우리 마음도 너를 닮았으면

가을 풍년가

산에 들에 오곡 유실수 가득 찬 계절
어디 가도 마음이 즐겁고 풍요로움이 가득 차구나
미웠던 여름내 비바람 따가웠던 햇살
가는 곳곳마다 가을의 알찬 열매 보는 순간 다 용서되네

초봄에 사늘한 기온 몰아내는 사이
농부들은 씨뿌리고 일 년간 세상 사람 식량 마련 위해
논밭에 잡초와 병충 예방에 사력을 다해
심은 작물들 잘 자라나게 하나님께 기도하고

하루도 빠짐없이 아침 일찍 들에 나가
자라나는 작물 보고 또 보고 마음에 기대감
충실한 열매 잘 맺어 주기를 정성 다해보네
모든 문제는 하늘 뜻에 매달렸지만

심고 가꾸는 자 정성어린 성의도 필요하지
기후의 상당한 이변이 없는 한 가을에 알찬 추수
하늘도 믿고 자신도 믿고 이웃 간 서로 정겨움
풍년가 가슴에서 절로 터져 나오니 모두 행복하고 평화롭구나

겨울 채비

남풍이 불어올 때 숨죽였던 세상 만물들
고개들고 하늘을 쳐다보며 싱그러운 미소
죽음에서 소생한 듯 운명적 줄기찬 생명력
하늘도 지나친 면 알고 체면을 세우는구나

봄 여름 가을 벗 삼아 즐겁게 살던 만물들
이제 마감할 시기가 다다랐는지
각자 할 수 있는 기량을 거침없이 발휘
동물들은 새끼들 식물들은 열매를 맺어

찬바람 겨울이 다가오기 전에
모두 미완성에서 완성으로 다다르고
무서운 겨울을 이겨내기 위하여 사력 다하고
한시가 바쁜 찰나 여유 부릴 틈마저 없구나

산에 사는 다람쥐는 열매 나무 밑에 가서
다양한 먹잇감을 집으로 물어 날라 곡간에 쌓고
바다 고래는 북극에 넘쳐나는 먹잇감 뒤로 한 채
새끼들 데리고 따뜻한 남쪽 나라 바다로 이주해가네

섬

지평선 저 멀리
옥동자같이 떠오르는 태양의 신비로움
그 어떤 세상에서도 볼 수 없는
거룩하고 찬란한 광채

파도는 한시도 쉴 새 없이
섬을 씻고 씻어 깨끗한 모습 보이려고
어여삐 정성을 다하는 진지함
바위섬에 붙어사는 줄기찬 생명체들

파도에 서러움 받지 않기 위해
사력을 다하는 의지력
이마저 제대로 준비 없는 것들
거친 파도에 흔적도 없이 산산조각나 사라지고

한낮이 지나면 저 먼 산마루에
휘황찬란한 노을 장면 꿈엔들 상상할 수 있으랴
어두움이 짙어가는 푸른 바다 섬에 부닥치는 파도 소리
넓은 우주 공간에 수많은 별들 서로 반짝이는 광채
섬 생명체들의 삶을 더욱 아름답게 빛내주네

겨울 문턱

부엉새 처량한 울음소리 천지에 퍼져나가고
차가운 북풍 사정없이 불어대는 곳에
우리 사는 아름다운 풍경 정처 없이 사라져가는
죽음으로 내달리는 수많은 낙엽 이거리 저거리 굴러만 다니네

자연의 절기 봄 여름 그렇게 잘 자라날 기회 주었지
인정사정없는 한 계절 겨울을 이겨내기 위해
알뜰히 자기 몸 고루 잘 살핀 사물 그 어떤 난관도
극복할 잘 준비된 사물은 별걱정 없으나

세상에 자기 뽐내기 위해 허풍에 치장하느라
내실을 제대로 보강하지 못한 사물들
차가운 눈비 바람에 연약한 몸 견디지 못한 역부족
결국 화려했던 풍채도 한순간 희락일 뿐

가냘픈 몸체 고루 보강하느라
쉴 새 없이 애쓰고 노력한 사물들
겨울철 그 어떤 난기류에도 죽지 않고
굳건한 외모 내실 마음마저 쉽게 굴복하지 않네

숲과 산소

우주 공간에 무한한 산소
지상에 수많은 생명체들이 한없이
마시고 마셔도 줄지 않은 산소 모든 생명체 은인
어느 세상에서 이런 호기 맞이할 수 있으랴

사람들은 이 좋은 바탕에서
무엇을 꿈꾸고 있을 것인지
다 자기 원하는 소망 있으련만
악한 감정 잘 다스려 선한 감정으로 전환되면

험난한 곳으로 떠내려가는 세상을
구원의 손길 되어 좋은 곳으로 인도되지
인간 세상 어느 누가 마음에 드는
평화로운 세상으로 인도해 줄 자 있으랴

각자 주어진 역량 아무렇게 소진 말고
진정 아름다운 세상을 마련하는데
전심전력 다한다면
모두 평화롭고 행복하게
살리라

매화가 필 때

아직도 세상 겨울 기온 완만치 않은데
너의 줄기찬 의지 자연도 감당할 수 없는 그 기세
혼탁한 냉기류 겨울 잔재 쫓아버려야 하는데
머뭇거리는 사이 매화의 수액은 뿌리에서 줄기로

가진 역량 다 발휘하는 힘찬 매화의 정성
잎새보다 꽃망울 먼저 수액을 지원해
세찬 눈보라에 시달리던 만물들의 서러움
달래주기 위해 꽃망울 터트려 선보이는 선구자

그 어떤 아름답고 싱그러운 꽃도
줄기에서 잎이 자란 뒤에 향기로운 꽃을
선보이는 것이 자연의 섭리인데
너는 그런 절차 다 생략하고

꽃망울 먼저 터뜨려 세상에 선보임
태양은 잠시도 쉴 새 없이 겨울 잔재 쫓아내느라
사력을 다하지만 끈질긴 겨울 잔재 쉽게 물러가지 않네
아름답고 줄기찬 매화꽃이 피어나면
사람들은 따스하고 온화한 봄이 온다고 기쁨으로 맞이하네

동절 고비

오늘도 차가운 눈보라가 세상을 뒤덮네
영하 17~18도 넘나드는 차가운 냉기류
겨울날 최고 기승을 부리는 통에
세상 살아있는 생명체들은 목숨 부지가 난감하구나

참고 견디어 내어야 한다
이 고비만 넘긴다면 새 삶길 얻을 기회가 온다
아무리 차가운 겨울 기온이라지만 세상 만물들의 삶을
아수라장을 만들어도 죽음만 면할 수 있다면

이듬해 더 좋은 옷을 만들어 세찬 겨울과 맞선다
악마 같은 겨울 기온이 세상 만물을 다 쓸어버릴
냉엄함이 있다고 하더라도 한번 세상에 태어난
생명체들을 함부로 다 지옥으로 끌고 갈 수는 없지

남쪽에서 따뜻한 남풍이 불어올 때면
세상을 점령했던 차가운 냉기류 사악한 악마들
소리 없이 어디로인지 흔적도 없이 사라지고
따뜻하고 야들야들한 봄기운에 새싹들이 움터
세상 만물은 다시 소행 할 기회 얻어진다

고랭지 배추

강원도 깊은 산비탈 자락 잘 개간해
늦여름 배추 씨앗 정성껏 심어
열심히 보살핀 덕택 잘 자라나는 모습

배추농장 주인은 날마다 쉬지 않고 찾아가
한 포기 두 포기 생동하는 배추 모습 보고
흐뭇한 마음 미소와 감격 주름진 얼굴에
타고 내려오는 땀방울 거룩도 하지

장대같이 쏟아져 내리는 비도 삽시간 물이
계곡으로 흘러내려가므로 홍수에도 별걱정 없네
배추 뿌리가 어릴 때부터 돌자갈과 얽어매여
자라나는 굳건함 어느 누가 가르쳐 주었으랴

사늘한 가을바람 불어올 즈음
무성하게 자라난 배추 속알에는
노랗고 하얀 알이 차곡차곡 맺어나
보기 좋은 단단한 속알이 보배같이 선보이네

숲의 가치

넓은 우주 공간 아래 산과 들
산에는 수십만 가지 나무 잡초들이 자라나는 모습
사람이 세상 살아가는데 정서적 아름다운 깊은 감상
짙은 숲일수록 더 깊은 생각 갖지

아무리 웅장하고 높은 산이라도
숲이 없으면 사람이 산을 보는 허전한 마음
메꿔 나갈 재간이 없어서 세상사는 깊은 뜻
제대로 헤아리지 못하는 점 있지

넓은 들에 꽉 찬 곡식들이 활기차게 자라남이 없다면
생명에 관한 위기감을 느껴지지
이런 장면이 정서상 마음에 담겨지지 않기 위해
언제나 넓은 뜰에는 알찬 곡식이 자라나는 모습을 보았으면

자연으로 형성된 높은 산 작은 산 할 것 없이 숲이 가득 차
봄에는 아름다운 꽃이 피고 새가 우는 자연의 신록
넓은 뜰에는 활기찬 곡식이 자라나고
목장에는 가축들이 자유롭게 풀을 뜯는다

꽃

사나운 눈보라 거치른 심술
온 세상천지가 아수라장이 되어
피어날 수 없는 운명인가
단념하고 잊으려 하는데

어느 누구도 말릴 수 없는 자연 기류
스스로 세상 만물들에게 미움 사는 짓 더 못 하게끔
가로 막는 사이 남쪽에서 온화한 남풍이
불어오는 순간마다 차가운 미움은 물러나고

동산에 들에 만물들이 죽음의 지옥에서
곧 숨결이 넘어갈 이 순간인데
다시 환상의 세상으로 주저 없이 변하는 사이
거치른 숨결도 정상으로 진행되네

죽어가는 꽃줄기 동상에서 해방되어
줄기마다 녹은 땅 수액 얻어 씽씽한 모습
이 가지 저가지 새싹 터져 나고 꽃망울 맺었나니
이 세상은 지옥에서 천국으로 변하는 아름다움이여

별의 우정

넓고 넓은 밤하늘에 수많은 별들
누가 저렇게 서로 정답게 반짝이라고 했는지
답답하고 막힌 우리 가슴에 빛을 비춰
어디가 잘못되어 어두움 고통에 몸부림치는지

자연의 넉넉함을 다 마음에 담을 수는 없지만
그래도 조금이나마 담아 흉내라도 낼 수 있었으면
절벽 같은 어두움 면할 길이 열릴 터인데
그마저 정서 갖지 못하니 너무 애달프구나

별과 같이 모여 사는 우리 생활 터전
서로 다툼없이 정겨움 나눌 수 있다면
곳곳마다 사늘한 실안개 분위기 걷어내고
정답게 세상사는 이력 별과 같이 빛나리

그 고운 인정미 어떻게 마련할 수 있을는지
별에게 물어보기 이전에 우리들 스스로
가슴에 알알이 맺힌 고운 정서 서로서로 위로하고
보듬는다면 황금같이 빛나는 별과 같은 형제되리

여름날 풍요로움

따가운 햇살에
자주 내린 빗물 먹고
온천지가 풍요로움으로 만끽
동물이나 식물이나 여름날 기세

잠시도 멈출 수 없는 좋은 기회
한 치의 새 기운 더 확장해
함부로 누구에게 천대 멸시받지 않을
자기의 위상 더 높이 쌓아 가네

여기저기 마음껏 자라나는 유실수
가지마다 알알이 주렁주렁 매달린 열매
더 보기 좋게 크게 자라나는 모습
보는 이마다 가을날 입맛 기대감

너울 구름 저 산 넘어 밀려가는 사이
높은 산 넓은 들에 꽉 들어찬 곡식과 나무
누가 무슨 손짓을 하더라도 개의치 않고
자기들의 알찬 열매 아름답게 키우는데 사력을 다하네

가을 풍경

산과 들에 오색찬란한 장면
여름내 시원한 빗물 먹고 활기차게 자란 잎새들
사늘한 가을바람 따가운 햇살에 고이고이 물들어간다
더 이상 활력을 주지 않는 자연의 섭리

들에는 여러 알찬 열매 곡식들
자기 사명 다하고 농부들의 낫을 기다린다
바쁜 도시 생활 마음 여유 없어 답답한 고뇌
주일 되면 야외 나와 시원한 가을바람 가슴에 담고

넓은 벌판 황금빛 물결치는 장관을 바라보며
새 삶 인생길 한 번 더 깊이 생각해 본다
복잡하고 치열한 황금만능시대
한 푼이라도 더 벌기 위해 사력을 다하다 보면

인생에 진지한 본능 다 잊은 채
가슴에 가득 찬 수억 구상 때문에
자연과 더불어 사는 정서적 문제 멀어져만 가는 순간
산들을 보면 산천초목이 붉게 타오르고 있다

섬 구경

하늘에 떠 있는 구름같이 넓은 푸른 바다에
떠 있는 섬들 천 년의 자연미
육지에서 멀리 바라보면 볼수록
한번 가보고 싶은 마음의 간절함

끊임없이 밀려오는 파도가
섬에 부딪칠 때마다 하얀 물보라
쉴 틈 없이 굽이굽이 밀려오는 파도
누가 시킨 것도 아닌 자연의 섭리

우리는 감정 사물로 자연이 하는 일
일일이 간섭할 처지는 아니지만
그 형태를 감상하고 느껴보는
인위적으로 영원히 흉내 낼 수 없는 영원함

먼 바다 가운데 홀로 서 있는 섬
관광객들이 좋아하는 갖가지 다 갖춰
찾아오는 이마다 반갑고 즐거움
어디 하나 마음에 놓치지 않으려는 사랑스러움

3부

절망과 희망

운명길

어느 세상에서
어느 세상으로 가는지
자신도 알지 못하는
무언의 인생길

따스한 바람도 불고
때로는 거치른 바람도 불지
누구 비위 맞춰주라고
오늘은 따스한 바람이 부네

세상 기류 다양함
꽃 피고 새 우는 아름다운 풍경
누구인들 싫어할 자 없지만
마냥 그런 진풍경 엮어주지만 않으리

좋은 시절 때 고통 시절 생각지 않으면
위기가 닥쳤을 때
대처할 기회 너무 늦은 감
오늘도 우리 인생길은 웃고 울고 가는구나

유혹을 넘어

만 가지가 아쉬운 청춘 시절
가슴에 넘쳐나는 정의로
그 어느 하나도 비굴함 없이
작으면 작은 대로 많으면 많은 대로

열심히 노력하여
모자란 공백을 채워나가는
알뜰한 인생살이
비굴함 없는 바른 양심

이 세상 거룩하고 참신한 모범생
어느 곳에서도 찾아볼 수 없는
나의 양심에서 찾아볼 수 있어
거룩하고 참신함 이 인생에 빛나리

고통과 유혹을 참는 의지
가난한 젊은 인생에
초기부터 바른 인생 구축하니
내일에도 비굴한 인생을 살지 않을 것이니
기쁘고 즐겁다

빛

적막한 우리 가슴에
빛이 들어오니
절망에 허덕이던 미래 개척에
생기를 주어 길을 인도하시네

아무리 명석한 두뇌를 가진 사람이라지만
알지도 못하고 가보지 못한
앞날을 개척해 가려면 장님이지
그러나 어두움을 해결할 빛이 있다면

바라는 목적지 쉽게 찾아갈 수 있게
빛을 얻기에는 쉽고도 어렵지
자연이 주는 빛 인간이 만드는 빛
모두 고귀하고 소중한 보배

단지 자연이 주는 빛은 시차를 잘 적응해야 하고
인간이 개발하는 빛은
한없이 노력 연구를 필요로 하지
단지 자연의 빛 인간이 개발하는 빛 모두 세상 살아가는데
필수로구나

혈맥

심장에 고동이 운다
순항하던 붉은 혈청이
거치른 작동을 하네
마음에 다급한 비상이 걸린 모양

몸이 순조로운 과정이 진행된다면
마음 안정에 별 이상이 없는 상황
위험스러운 부담은 크게 우려할 염려는 아니지
평온과 위기는 언제나 마음에서 전달받지

숨 쉬고 작동하는 사물들은
세상 살아가는데
자기 생명 안전 유지에
최선을 다하는 본능적 성품

생명에 위기를 맞았을 때
몸속 혈액은 급속도로 순환하지
무슨 수로 혈맥 순환을 진정시킬 수 있으랴
오늘도 정신의 지침을 기다리며 살아간다

운명

세상에 씨알 던져져
따듯한 태양열과
수시로 내리는 빗물 습기로
씨알 움터 새 모습 얼굴 보이네

때로는 사나운 비바람이
어린 새싹을 몹쓸게 위협하지
다른 곳으로 옮겨갈 수 없는 어린 새싹
아무리 짓궂은 모략도 일순간

한 굽이 두 굽이 위협 수위 벗어나니
세월이 잘 자라나게 해 주시니
스스로에 힘을 실어주시고
마음도 단단한 결심 엮어 주지

세상 수많은 사물들
자신을 잘 챙기는 자는
예측할 수 없는 자연의 재해
잘 극복해 자기 운명 기로마냥 활기차 보인다

인생

어디에서 와서 어디로 가는지
일생을 사는 동안
수많은 사연들이
앞을 가려 산만한 혼선

그래도 선하게 살아야 한다는 집념
하늘에서 한번 주어진 운명
아무렇게 취급할 수 없는 귀중함
열심히 다독거리고 애쓰지만

모두가 생각대로 쉽게 이루어지지 않은
마음의 희망 나라
열심히 노 저어 가지만
목적지에 닿을 듯 말 듯

다시 마음 가다듬고
오 사력 다하여 기를 써보지만
예측하지 못했던 남은 세월
눈앞에 아롱거리네

절망과 희망

인생이 살아가는 길이
바다의 너울처럼
굽이굽이 애환 곡절 끝이 없구나
그나마 노 저어 가지 않으면

그것으로 인생은 닻 내리고
이런 암담함 종말 겪지 않으려고
끝도 보이지 않은 망망한 넓은 대해
거친 파도와 힘겨루지 않을 수 없네

작은 조각배 인생
누구에게 도움이나 의지할 수 없는 인생길
스스로 한탄한다고 될 일 아니지
어려우면 어려운 대로 쉬우면 쉬운 대로

쉬지 않고 노 저어 가야만
목적지 달성할 희망 꿈 갖지
멀고 괴롭다고 손 놓아 버린다면
인생길은 그것으로 도중하차

사랑

생명체를 가진 세상 사물들은
사랑을 위해 각자 가진 역량
총동원 사력을 다하는 모습
세상사는 의미가 깊고도 깊네

만가지가 갖춰진 세상에서
사랑을 위해 진실 쌓아
찾아가는 절박한 마음
외면하지 마시고 고이고이 받아주소서

비록 자신은 사명을 다해
으뜸 모범이라지만
사랑을 맞이해 줄자는
아직도 미진한 부분 있어서

망설임 거두어 주신다면
모자라는 부분은 두 손 잡고 세상 산다면
충실히 이행해 나갈 것을 맹세합니다
사랑은 아름답고 고귀하면서 까다롭기도 하네

기도하는 마음

자연은 말없이
제철 따라
자기들이 펼쳐나가는 영상
차질없이 세상에 선보이는데

우리 사는 인간 세상
왜 이렇게도 순리감마저
외면당하며 살아야 하는지
서로가 가진 자질 이치에 맞게끔

잘 활용하고 베풀며 세상 산다면
억울하고 잘못된 시절은
오지 않으련만
서로가 지나친 욕망 때문에

세상 삶 환경은 어렵게 되고
내일의 아름답고 미소 짓는 시절
다 자취 감추고 와 주어야 할 기대감
멀어져만 보이는 상상력 기도라도 해보아야지

고동 소리

흔적도 없는 곳
구슬픈 소리
마음 공간을 울려 퍼져
어디로 사라져가나

먼 인생길
쉴 틈 없는
빡빡한 일정
험준하고 고되지만

어느 누가
경쾌한 고운 멜로디
한 구절이라도
선사해 주었으면

지친 몸 다시 세워
험난한 인생 고갯길
별 탈 없이 잘도 넘어
갈 수 있을 것이로다

성스러움

넓은 땅위에는
수많은 생명체들이
살아가고 있는 세상
각자 자기들의 운명을 개척하느라

시간적 여유 함부로
남발하지 않는
고귀한 생명체들은
누구의 도움없이 자기 사명 다하네

우리가 사는 인간 세상
애쓰고 노력하면
얼마든지 자기들 세상
돋보이게 빛낼 수 있으련만

괜한 일에 서로 간섭하느라
자기들 세상 제대로 지키지 못함
다른 사물들에게 부끄러운 줄 모르는
얌체스러운 세월만 다 까먹네

삶에 대한 진리

진리 찾아 수만 리
몸단장 정신 차려
수많은 책장 읽고 넘기지만
그 어디에도 명쾌한 삶 진리 답 얻기 어렵구나

인간으로 세상 와서
자연사는 어쩔 도리가 없지만
사람에게 아무 이유 없이
죽음을 당하는 처절함 너무 억울하지

사람이 모여 사는 곳
서로 이로움을 갖고
정답게 행복하게 살 것을
큰 기대 진리는 깨우쳤지만

마음에 바른 진리 외면한 자
사악한 욕망 때문에
만인에게 저주받는 치욕스러운 만행
이 세상에서 버림받고 저세상 가도 외면당하지

환희

죽음의 적막에서
피어나지 못할 서러운 가슴에
언제 활기찬 재생의 생기
얻을 수 있으랴

생각지도 않은
찬란한 햇살이
어두움에 몸부림치는
이 생명체들에게

대가성 없이
희망봉 빛 갖다주시니
어디에다 그 고마움
인사드려야 좋을지

세상 살면서
악한 감정 갖지 않고
선한 마음으로 살다 보니
사람에게 동정 못 얻으니 하늘이 돕네

생명력

곱게 피어나야 할 운명에
애꿎은 비바람이 훼방을 치지만
하늘이 준 생명력
함부로 무시할 수 없는 고귀함

이 서러움 저 서러움 다 겪어도
좀처럼 이사 갈 수 없는 모진 끈기
이날 저 날 가는 사이 허실한 공백
다 메꿔 원활한 모습 갖추어져

오늘의 당당한 건전성
지난 세월 여기까지 오느라
숱한 애환 감내하느라
수많은 우여곡절 넘어서니 자신감 얻어

말 못 할 한숨도 다 어디론지 가버리고
밤하늘 별들도 유난히 빛내 환영해주며
환한 둥근 달마저 웃으며
한없는 미래같이 가자고 마음을 주네

베푸는 마음

화려하고 풍성한 곳에
마음의 여유 얻을 수 있는
절호 기회 놓치지 말아야지
적절히 챙긴다면 아무 탈 없으련만

지나치게 욕심부리다가
제대로 가질 것마저
놓치고 마는 어리석음
애써 후회한 들 무슨 소용있으랴

마음 제대로 수양된 자
제아무리 이익이 넘쳐나도
격에 없는 욕심 과하지 않고
지나친 과한 복 이웃과 나누지

이성 갖고 세상 사는 마음
과다한 이익 추구하다가
가진 것마저 내놓아야 할 처절한 신세
이 불운 면하려면 크고 작은 베풂 따지지 말고
실천 철학 가져보자

온정

밤 자고 나면 태양은
온 세상에 어두움을 지워주는
찬란한 빛을 세상에 골고루 발산하여
암흑에서 헤매던 수많은 사물을

제 갈 길 찾아가게끔 잘 인도하시지
바쁜 일과가 시작되는 빛의 인도길
태양은 누구를 위해서
천지에 마련되었을까?

세상 만물을 창조하신 하나님께서
어두운 고통에서 갈피를 잡지 못한
수많은 세상 만물들을 밝은 언덕 위로
진정 구원의 온정으로 보살펴주신다

세상 삶에 재물 많고 권세 있다고
과시하며 살 것 아니라
험준하고 빛의 은혜 입지 못한 곳에
도움 주며 사는 처사 진정한 사람 도리요
하나님의 뜻이로다

창조

민둥산을 변화시키기 위해
열심히 나무를 심고 가꾸어
푸른 산으로 거듭나는 사이
없었던 곤충과 각종 새 짐승이 모여든다

성급한 자들은 아늑한 곳에
신방을 차리느라 들뜬 마음 노출되어
듣기 좋은 울음소리 멜로디 되어
이산 저산 퍼져나 듣는이마다 감미롭구나

세상 환경 자연에 지나친 의존감
너무 지루하고 허무감 느끼지
자연이 못다 한 미지 환경
사람들이 인위적으로 보충하면 한몫 돋보이지

좋은 환경 조성 외면 물질적 관심 지나침
삶의 정서적 부족으로 인한 환멸
조금이라도 덜어줄 방법이 있다면
민둥산에 나무 심고 애써 가꾼다면 원만한 삶 가치 얻으리

어린 소녀의 기도

깊고 깊은 적막한 밤
오늘도 못다 쌓아 올린
희망의 등대 집
내일도 별 탈 없이 진척이 있었으면
넓은 밤바다를 훤히 밝힐
등대 집 쌓아 올리는데
수많은 애로사항이 있지만
막힘없이 잘 진척 있어 주시기를
수만 번 마음속으로 빌며
정성을 다해 기도합니다
하나님, 한 점 의심 없이 받아주옵소서

아직 설익은 어린 마음이지만
때 묻지 않은 순수한 정성
가다듬고 가다듬어
온정성 다 바쳤습니다

무한하고 적막한 넓은 밤바다
길잃은 어부들의 밤 뱃길
잘 인도해 주실 등대가 차질없이 완성되어
빛을 밝히니 순수한 어린 꿈 마냥 기쁘다

새싹

세월 따라 구름 따라 가는 인생길
수많은 험난한 길 굽이굽이 넘고 나면
아름다운 꽃들이 피는 온화한 계절
마음을 화사 시켜줄 유혹들

그 어느 하나도 참지 못하고
함부로 빠져들어 간다면
원하는 목적지 방향마저 잃게 되어
오도 가도 못하는 처량한 신세 된다

눈보라 휘몰아치던 동절
뼈저린 고통스러움도
온화한 계절에 화려한 꽃이 피어
수많은 곤충들이 꽃향기 좋아 찾아드는 모습

함부로 마음 팔다가는
주어진 땅 언제 밭 갈아
씨 뿌려 새싹 틔울 기회 가지려나
격에 없는 것들 다 마음 영상으로 돌리고 말아야지

용기

햇빛 찬란한 파란 하늘
언제나 변치 말자고 다짐하며
우리 가슴에 남아달라고
심심 애원하지만

오늘은 온천지가 검은 먹구름으로
뒤덮여 밝은 세상이 어둡게만 장식되니
세상 사람들의 마음이 불편해 기가 꺾이네
이러면 이럴수록 굳건한 용감성 필수지

마음이 약해지면 만 가지가 병이 된다
이런 수모 겪지 않기 위해
평소 제대로 된 정신 무장 하나도 잘못 아니지
자연과 제아무리 친해 보려고 하지만

그렇게 쉽사리 정다움을 나눌 수 없고
우리는 부지런히 자연의 성미를 잘 파악해
심술을 부릴 때 나약하거나 겁먹지 말고
용감하게 대처하는 각오가 서져 있어야 한다

적막을 뚫고

온 세상천지가 어두움에 휩싸여
생명체를 가진 사물들은 활동을 멈추고
수면에 들어간 깊은 밤 환상에 꿈을 꾼다
내일은 오늘보다 더 나은 삶이길 바라며

고요하고 적막한 밤하늘에는
수많은 별들 형제가 잠시도 주춤거림 없이
반짝이는 빛의 광채가 내일 운세
더 아름답게 빛내 줄 것을 약속이나 하듯

속히 어두운 세상 장막을 밀어내고
밝은 새 아침 세상을 장식해야 한다는
거침없는 상황이지만 스스로 알아서
열심히 어두운 세상에 빛 발산을 기대해 본다

참혹한 어두운 세상은 서서히 물러나고
새 아침 동이 트니 숨죽였던 만물들은
거룩한 태양에게 먼저 인사하려고
밤새 풀이 꺾였던 체면 이슬 털고 이글거리는
태양에게 미소로 모두 인사하네

천길만길

살랑살랑 부는 봄바람아
천길만길 혼자 가지 말고
날 우정 삼아 같이 가 주렴
가다가 쉴 틈 생기면

오순도순 지난 세월 정담 나누며
정답게 우정으로 더욱 다져보았으면
사람에게 참스러움 주고받지 못한 일
세월과 동승해 깊은 정 한번 나누어 보았으면

이 세상에 잘났다고 큰소리치는 자 많지만
그 속 들여다보면 진실은 적고 허풍만 난무하네
주어진 인생 다 가기 전 진실된 우정 한 번 만나
속속들이 다 내놓고 참된 인생길 한번 논의해 보았으면

제아무리 독창력 강한 사람이라지만
진실된 속마음 들여보지 않고서는
진정한 사람의 길 찾아가기 어렵기만 하지
서로가 주고받는 애환 속에
무언의 인생 참 도리 깨달음 얻어지네

인격 존중

오늘도 아침 태양은 동쪽 먼바다에서
칠흑 같은 어두운 세상을 몰아내고
넓은 광야로 힘차게 발산하는 거룩함
낮을 잊고 깊이 잠든 모든 생명체를 일깨워주네

사람들은 기름진 옥토를 먼저 선점하려고
자제 없는 욕심 도를 넘쳐나는 사이
좋았던 이웃 간 우정도 뒤돌아서는 슬픔 기류
서로 간 감정골 깊어만 가는구나

공동 사회에서 서로 인격을 존중하지 않는다면
결국 갈등으로 비화되어 보이지 않는 적개심
위험 수위에 다달해 원수로 살아야 할 처절함
스스로 책임져야 할 도덕적 책무 비굴함

사람이 사는 공동 사회에서 규범 이전
인격이 수반된 진정한 양심의 실천력
개인도 인격이 실추되지 않는 반면 사회도 분쟁이 없는
좋은 분위기가 잘 형성되어 모두 평화롭게 살 수 있으리라

위기 대처

우리는 사는 운명 선상에서
수많은 행운과 불행이 번갈아 가며
생명 선상에 곡예를 타며 살아야 할
기구한 처지가 아닐 수 없구나

그렇다고 고난의 세월 주어진다고
삶길 마다할 수 없는 존엄성
함부로 팽개칠 수 없는 일 아니지
죽음의 위기에서도 용기 있는자 살고 나약한 자 죽는다

만인이 사는 공동 사회이지만
자기는 자기 나름대로 살아야 할
자기 세상이 있어야 하지 않을까?
주체 없는 삶은 무의미한 삶

주어진 자기 운명길
스스로 잘 개척 가다듬고 애쓴 보람 있어야
사람다운 제 가치 이룰 수 있지
인생길 스스로 잘 창조한 자 오늘도 빛나고 내일도 빛나리

자유의 평화 깃발

하늘에는 새들이 자유롭게 날아다니고
강에는 물고기들이 지체 없이 헤엄쳐 다니는 세상
우리 인류는 무슨 희망 갖고 세상 살고 있는지
날이 가고 달이 가도 풀어야 할 문제 산적해만 가네

문명 세상 사회 다양한 발전으로
인류가 사는 세상 흥미진진해 보이지만
마음에 쌓여가는 고통스러움
쉽사리 해결할 길을 못 열어가는 안타까움

세상 자연 기류는 옛날이나 지금이나 큰 변화 없는데
우리가 사는 인류 세상 왜 이렇게 갈등이 많은가
서로가 자제하고 양보해야 할 문제들
쉽사리 인류 안전과 평화에 크게 이바지 못 하는 아쉬움

바른 정신으로 인류 세상 안전과 평화를
사랑하는 사도들이여
자유의 인류 평화 깃발을 하늘 높이 달고 그 위세를
세상에 펼쳐 굳게 단결해 나가자

평화로운 조화

세월은 말없이 흘러가는 사이
생명체를 가진 세상 만물들은
자기들의 삶에 대한 안녕을 위해
거친 숨결을 진정시키느라 사력 다하네

사람이나 짐승이나 격에 지나친 면 있다면
마음의 풍요로움보다 절망에 시련 겪지
이러한 과오 겪지 않으려고 세상 사물들은
자기에게 주어진 정신적 능력 한계 조화시키느라

무지한 생명체들은 생각과 자기 능력을
잘 조화시키지 못한 무리수 때문에
이 세상에서 마음껏 부담 없이 즐겁게
오래 살 기회도 단번에 사라지고 마네

넓은 세상 공간에 마음껏 바른 자질 갖춰
주어진 자기 운명 잘 다독거려가는 사이
세상 삶 선행으로 참된 도리 축적됨에
어느 누구도 축복해 주지 않아도 하나님은 복 주리라

먹구름 걷힌 밝은 세상

밝은 세상에 짙은 먹구름이 해를 가리니
온 세상천지가 암흑으로 변해
눈뜨고 세상 사는 생명체들
어디가 어디인지 방향마저 잡기가 어렵구나

어디서 누가 시켜서인지
세찬 바람이 먹구름을 쫓아내느라
더 세차게 가진 역량 다 발휘하니
겁에 질린 먹구름 방향마저 잃은 채

어디로인가 쫓겨 달아나는 처량함
얄궂은 훼방꾼이 자취를 감추니
태양은 더 밝은 빛을 온 세상에 발산한다
어두운 암흑에서 시름 하던 모든 생명체

기쁨 주고 슬픔 주는 자연의 야릇함
누가 제대로 잘 다루어 밝게 살아야 할 인간 세상
다시 어두운 장면 연출하지 않게끔
서로서로 한마음 한뜻 갖고 정답게 살아보세

빛의 거룩함

세상에 생명체를 갖고 사는 사물들
소수 야행성을 좋아하는 사물도 있지만
대다수 생명체들은 밝은 세상 빛을 원하지
어두운 세상에서는 얻을 것 별로 없지만

밝은 세상에서는 얻을 것도 많고
볼만한 흥밋거리도 많아 정서적으로
감상하는 사이 마음에서 창작력 싹트지
우리가 사는 세상 예술적 감각 없다면

아름다운 찬란한 문화건설을
꿈엔들 어이 생각이나 해볼 수 있으랴
사람이 사는 곳에 언제나 빛이 필요하지
빛의 거룩함은 새로운 문화를 창조하는 선구자

빛의 고귀함은 세상 어디서나 환영받을 수 있는
모든 생명체에게 소중하고 귀중함
은혜스러운 존귀가 아닐 수 없지
자연은 우리 가슴에 어두움도 주고 밝은 빛도 주는구나

인생탑

무너진 인생탑 새로 세우자니
고민스러운 마음 정점을 바로 세우지 못한 채
이것저것 왔다 갔다 헷갈리는 정서
어떻게 마음의 혼선 바로잡을 수 있을지

그래도 애써보는 끈질긴 근성
이마저 없다면 원하는 뜻 제대로 모아
기초 잡을 인생탑 세울 여력마저 없지
어두움에 헤매다가 밝은 영감 찾으니

고민에 허덕임 사라져 가고
한시도 주춤거릴 수 없는 아까운 세월
멀리 다 가기 전 영상에 떠오른 기대 맞춰
열심히 희망 갖고 쌓아 올리는 인생탑

보람차게 한층 두 층 쌓아 올리는 공덕탑
제대로 자리 잡아가는 진척 감격스럽지
수많은 사람이 자기 인생 공덕탑 세우기 위해
자리 잡느라 야단법석이지만 진기하고
거룩한 탑 세우기 쉽지 않으리

나의 정처

보잘 것 없는 존재가 끝없는 세상에 태어나
말없이 흘러가는 세월이 나를 어디로 데리고 가는지
살아생전 선한 감정 갖고 살 것인가
악한 감정 갖고 살 것인가

선과 악은 내 가슴에 한없이
굴러가고 오고 하는 주어진 운명선상
넓은 푸른 바닷가 파도가 밀려오고 밀려가는
내 가슴에 수많은 잡념 쌓인 것들

세월이 흘러가는 사이 내 영혼도 말없이
잘 자라나 마음의 아름다움을 쌓기 위해
수만 가지 사물을 보고 깨달음 갖지
미완성 인격을 완성으로 달려가는 보람

더욱 보람된 인생을 살기 위해
자연에게 진실 도리 더 깊이 배워
못다 한 선행 도리 더 열심히 해서
이 세상 온 보람 부끄럽지 않기를 기대한다

하나님께 비는 기도

하늘에 천지신명이시여
이 혼탁한 인간 세상
갈피를 잡지 못한 현실이
너무 처절합니다

선한 자 악한 자 구별도 없이
지나친 현실 철퇴
한없이 공동 벌을 주시는 듯
어느 시기에 이 진노함을 거두어 주시렵니까?

선행자에게 거룩한 복 내려주시고
악행자에게 엄한 벌 내려주심도
다 덮으시고 무차별 인간 세상에 내리시는 엄한 벌
너무 가혹함 어떻게 빌어야 좋을지

악한 자에게 용서도
선한 자에게 푸짐한 복도
이제 더 간절한 요구 자제하고
본래 하나님께서 주신
사람된 참뜻으로 살아가렵니다

행복조건

세상에 하나님께서
좋은 복 많이 내려주셔서
어두운 세상 밝혀 주는
태양을 주셨네

세상 어느 사물들보다
인간이 가장 잘 활용해
좋은 혜택 선사 받고
삶의 질 끊임없이 향상시켜 나가네

밤하늘에 웃음 짓는 둥근 달
사람들이 제때 이루지 못한 소원
마음 달랠 길 없어서 깊은 밤
고요히 창을 열고 달을 보며

짓누르는 마음의 고민
불로초처럼 새마음 일깨워주지
넓은 우주 공간에 수많은 별들
모든 고통 잊고 서로 정답게 살자고
빤짝빤짝 소식 전하네

인생

한 알 씨앗이
척박한 땅에 떨어져
수많은 비바람에
큰 강으로 휩쓸려 가지 않고

모진 생명
아침에 떠오르는
태양열 온기 받아
하나둘 제모습 갖춰나가는

하늘 아래 거룩한 성장 모습
한 치 두 치 자리 잡아가는 새 생명 근원
시원한 산소 공기 마음껏 마시며
새 인생 창조에 전력을 다하네

사계절 중 거칠고 온화한 계절
스스로 체험 익히면서
알차게 성장하는 참모습
어느 곳에 가더라도 차별받지 않으리라

4부

사랑의 징검다리

사랑의 열매

사랑의 열매 맺기 위해
남풍이 불어올 때면
마음에 기대했던 작은 씨알들
가지마다 주렁주렁 황금 보배

그 어느 세상 가도 보지 못할
현실 세상 장면 너무나 확고한 약속
진실된 사실을 왜곡한다면
올바르게 사는 자들에게 죄 된다

자연이 가는 길은 다소 굴곡은 있지만
결과의 진실은 변화가 없다
약삭빠른 사람들의 마음은
넉넉한 자연의 마음을 제대로 읽지 못해

항상 불안과 초조한 감정을 잠재우지 못한 채
마음의 유동성 제대로 관리 못한 책임
오늘은 온화하지만 내일은 무슨 바람이 불어올지
그러나 자연의 약속은
사랑 열매 딸 시절은 반드시 온다

달, 별빛 선함

자연이 갖다주는 온화한 절기
다가올 시기가 얼마 남지 않았는데
마음에 쌓인 걱정거리 해소될 기미 없어
한밤중인데도 잠 못 이루는 고민스러움

답답한 가슴 풀기 위해
문 열고 바깥세상 구경나오니
넓은 우주 공간 수많은 별들이
서로 정겹게 보석같이 빛난다

이 가슴에 쌓인 고민 혹시 풀길 열어주려나
때마침 둥근 보름달 웃음 짓는 선한 모습
어두운 내 가슴에 쌓인 못난 것들
숨을 곳 찾아가느라 정신없이 빠져나간다

텅 빈 내 가슴에 웃음 짓는 달 형체 모두 담아
고민에 쌓인 슬픔 깨끗이 모두 지우고
새 마음 길 열어가니 만사가 정상으로
세상에 돋보이는 기회 얻어 달님의 참사랑
잊지 못해 오늘도 한밤중에 시를 짓는다

평화 노래

저녁노을 찬란한 환상
가슴에 깊이 담아 놓으려 하는데
그 순간도 여유 주지 않은 채
무정한 찰나 애석만 하네

깊은 밤하늘 수많은 별들
정답게 반짝이는 곳에
자연히 사랑 노래 들려주는 찰나
참 평화롭고 정겨움 부럽기만 하네

살아있는 세상 모든 사물은
자연에 대해 고개 숙일 줄 아는데
우리 인간은 왜 고개 숙일 줄 모르나
민활한 지혜 가졌다고 오만해서일까?

자연히 불어오는 바람에
수많은 나뭇가지 숲들은
평화 노래 부르며 정답게 지내는데
어찌하여 우리에게는 평화 노래가 없는가?

의지

우울한 마음에 비마저 내리네
마음의 연약함 보이지 말아야 하는데
자꾸 걷잡을 수 없이 침몰해 가는 마음
밤은 다 가고 아침햇살이 가슴에 퍼져 난다

더 이상 밀리지 말아야지
최후 마지노선 넘어간다면
생의 모든 의지 단념하고 말지니라
죽을 각오로 마음과 담판을 지어야지

사라져가는 생의 안타까움이여
여기에서 재생길 찾지 못한다면
다시는 피어나지 못할
마지막 길이 되고 말지니

아직도 남은 앞날 창창한데
더 나가지 못한 장막의 가로막힘
마음의 의지로 자신이 뚫어야지
여기 이 좋은 세상 두고 마지막 인사란 왠말인가

용기

살얼음 같은 세상
삶에 왜 이렇게
부딪치는 장애물이 많은가
나약하게 움츠렸다 가는

흔적도 없이 사라져버리고 말
안타까움 당하기 전
몸부림이라도 한번 쳐봐야지
비겁하게 망설이는 것보다

죽든지 살든지 담판을 지어야 할
인생에 고귀한 운명 가지고
불장난은 할 수 없지만
마지막 운명에 대한 기로 어쩔 수 없지

파도처럼 굽이굽이 밀려오는 절박감
이겨낼 수 있는 방법은
가지고 있는 능력 최선을 다해보는
이것이야말로 새 운명 길 열어주는 참스러움이 될지라

단장

모처럼 님 맞이할 기회
아무리 가다듬어도 허술함
마음의 안정감 진정시키지 못해
만남 외관상 미움받지 않을까

곱게 단장해 찾아오시는 님
무슨 마음으로 맞이해야 좋을지
아무리 생각해도 그 묘미 찾을 길 없어
미처 생각지 못한 미소로 맞이하네

산고개 넘어올 때
한 쌍의 까치가 나뭇가지에 앉아 부리로
서로 깃털을 골라주는 정겨움
누구 위해 깍깍 소리로 일깨워주는지

참사랑 이 세상 어디 따로 있나
차림 마음 순수함 그대로
꾸밈없이 자연스럽게 맞이하는
그 정성 외 더한들 무슨 소용 있으랴

내 배

푸른 물결 넘실거리는 바다로
내 배는 떠나간다
절박했던 마음 자죽거림 다 잊고
푸른 만경창파로 나는 떠나간다

하염없이 쏟아지는 정든 사랑 눈물
화단에 꽃씨 심어놓은 바닷가 오두막집
정들고 들었지만 가지 않으면
새 운명 길 개척할 방법 없어

넓고 넓은 바닷길
하염없이 펼쳐나갈 저 먼 남쪽 나라
꿈같은 현실 이루어보려고
가는 마음 이해해 줄 자 너무 서운하지

알면서 달래주지 못하는 심정
무엇으로 보답해 주어야 좋을지
죽지 않고 기다려준다면
떠나온 땅에 정착해 놓고
다시 데리러 오마

부모님 은혜

절박한 세상살이였지만
부모에게 태어날 때
그 고통스러움 내색하지 않았지
세상 사람들이 축복해 주시니 미소지었지

이 세월 저 세월 다 가기 전에
열심히 사람 된 도리 제대로 갖춰
태산같이 높고 강물보다 많은
부모 은혜 보답에 정성을 다해보자

사랑으로 믿음 심기 위해
입고 싶은 좋은 옷 먹고 싶은 맛난 음식
다 자제하고 오직 자식 바른길
인도하는데 전심전력 다했지

자식이 선한 마음 가지고
이웃집 친구 성심껏 인연 맺어
사람 구실 제대로 실천해 산다면
부모로서 더 이상 바랄 은혜없구나

인생 풍경

꿈 많았던 어린 시절
친구들과 소꿉장난하며 자라나던 시절
다 어디 가고 팔십 고개 넘어서
멈추지 않은 세월 따라 잘도 간다

질주하는 세월에다
너무 성급하다고 나무랄 수 없고
말없이 달리는 세월이 내 마음 싣고 가느라
고단하거나 슬픈 기색도 없는가 봐

즐거움에 웃음꽃도 괴로움에 슬픈 인상도
찾아볼 수 없는 흘러가는 세월
내 인생은 어디에서 와 어디로 가는지
지나온 과거사는 꿈과 같구나

오늘도 세월은 주저 없이 잘도 가네
산들에 곱게 피어나는 새 생명들과 벗 삼아
보고 느끼고 사는 내 인생 언제쯤 진정한 공부
마칠 그날이 올까?

속초항

아늑한 포구에 접해 있는 작은 어선들
먼 태평양 넓은 바다에서
불어오는 들 바람 타고
고기 떼 같이 몰고 오는지

애타게 기다리는 어부들
바닷가 즐비한 선술집에서
한 잔 두 잔 기울이며
인생 타령 세월 타령
순간마다 잊지 못한 만선 꿈

언제 이루어지려나
마음은 쉴 새 없이 애간장 다 타고
아까운 세월 잡고 하소연해 보지만
다 지나가는 세월에 아쉬움

오늘은 날씨가 좋으니
마냥 정박해 둘 수 없는 배
만경창파 고기잡이 나가봐야만
소원 꿈이 이뤄질 것인지 말 것인지 결판이 날지라

리본

가슴에 단 리본
만인에게 존경스럽고
축복받을 은혜스러움
마음에 선함이 돋보이는 정직함

하늘 아래 사는 사람으로서
자기 바른 인생관
모든 사람도 인정하고
하나님도 축원하지

어둡고 텅 빈 가슴을 환히 채워주시고
못난 사악한 잡념들을
다 쓸어 쫓아내고
사랑스럽고 거룩함

세상에 두 번 다시
이런 기쁘고 성스러움
언제 또 있으랴
만인에게 존경스러운 리본이여

소망

빈손으로 온 세상
소원 성취하기 위해
정신력으로 육체를 동원하여
깊숙이 샘을 판다

맑은 생명수 구해 먹고 나니
알쏭달쏭했던 세상 길
마음속 깊이 정립되고
다시는 허공에 헤매지 않는

참스럽고 아름다움
밤낮 고민스러움이
흔적도 없이 사라지고
희망찬 앞길 거침없이 달려간다

사람 살아가는 세상에
희망과 꿈 없다면
보람 없는 처절한 인생길
꿈엔들 잊을 수 있으랴

저울

열심히 땀으로
추수한 가을 알곡
먹을 식량 남겨두고
모두 직매소로 가져가

저울에 달아
가격에 대한
납입 영수증을 받아 들고
집으로 돌아가

마음으로
일 년 동안 노고에 대한
지출과 수입을 계산해 본다
앞으로 더 좋은 증산은 없을까?

시절 좋고 나쁘고 탓하기 전
농사 관리에 더 애착을 갖고
열심히 노력해야지
하늘에서 주는 복 기다리지 말고
스스로 복 만들어 챙겨보아야지

청춘의 꿈

말없이 흐르는 세월 따라
내 청춘 저 멀리 와 있네
오는 도중 수많은 산고개 넘느라
말 못 할 사연 한두 가지 아니지

산고개 넘고 나면 넓은 푸른 강
순진한 처녀 뱃사공과 인연 되어
평생에 잊지 못할 거룩한 동반자
죽을 때까지 같이 노 저어 가는 운명

널따란 들판 손잡고 거닐 때
두 마음을 한마음으로 엮어주는
이상야릇한 북받친 감정
멀리만 보였던 청춘의 꿈

한 걸음 두 걸음 가까워지니
이 세상에 두 번 다시 없는 인생의 금자탑
찬란한 아침 햇빛 받아
새로운 인생길 펼쳐져 나가니 마냥 즐겁구나

추석

온 들판에
오곡 무르익어가는
구수한 가을 향기
집집마다 굴뚝에 뽀얀 연기 피어오르고

조상들에게
차례 지낼 음식 만드느라
바쁜 일정 쉴 틈 없는가
피어오르는 연기 잦아질 기미 없네

천진난만한 어린 자식들
부모님이 마련해 주신 새 옷과 신발
차려입고 정성을 다해
큰 상에 차린 음식상
촛불 켜고 잔에 술 따르고

정성 다해 묵념 올린다
조상들이 남긴 정성 어린 재물
잘 간수하며 어린 자식들을 열심히 기르고
행복하게 살 것을 절하며 기원한다

님의 고개

험준한 산 고갯길
주위 울창한 숲들이
한없이 품어내는 시원한 공기
아름답게 형성된 자연의 풍치

오고 가는 인적이 드문 고개지만
며칠 전 강한 비바람이
고갯길 스쳐 지나가는 사이
여기저기 패인 길

혹시나 님 찾아오시다가
잘못 발 디뎌 다치지나 않을까
마음 조이며 밤새 잠 못 이루어
안타까운 심정 떨쳐 버릴 수 없다

님이 탈 없이 와주셔야
맞이하는 님도 편안하지만
혹시 오시다가 돌부리에 발 채어
상처 나지 않을까 약과 붕대도 준비해둔다

사랑탑

거센 물결 헤치고
오대양 육대주 나다니는 마음
사랑하는 님이 반겨 줄
고운 선물 사가기 위해

이 거리 저 거리 낯선 이국땅
서로 자기 선물 상품 사주기를
어여쁜 선심 미소에
마음이 끌리는 정겨움

생활에 천직을 버릴 수 없어
사랑하는 님을 두고
오대양 육대주를 마음에 우정 삼아
떠나는 마음 보내는 마음

서럽고 안타깝지만
가지 않으면 삶의 기류가
무너지고 마는 처절한 신세
서로가 참고 믿음 가지는 틈에 사랑탑은
높이 쌓여 간다

인생의 미로

똑똑 떨어지는
작은 물방울들
여기저기에서 모여드니
내가 되어 장관을 이룬다

우리가 사는 생활 리듬
보잘것없는 작은 수입이지만
함부로 소홀 취급 마라

작은 것 하나하나
우리 마음에 열심히 담다 보면
어느새 자신도 생각 못 했던
큰 덩어리 되어

다른 사람들은 크게 부러워하지
못생긴 조각 작품 시작 때는 볼품없어도
쉬지 않고 열심히 가다듬다 보면
나중에 훌륭한 가치 있는 작품이 된다

사랑의 징검다리

고운 얼굴 생김새 너무 어여쁜
사랑스러움 듬뿍 받을 좋은 징조인데
하는 행동 너무 지나쳐
마음에서 지워버리려고 몇 번 마음 먹었지

아직도 덜 익은 참외 과일처럼
쓰고 고약한 향기 입맛에 거부감
제대로 익는다면 천하에 일품인데
세월이 충만할 때 제대로 된 인품

아이 어른 모두 좋아할 때가
언젠가 찾아오리라는 기대감
조급을 조금 자제하고 느슨한 마음으로
때를 기다려 주는 것도 좋은 징조

미움이 사랑으로 변해 연꽃이 되어
애타게 기다리는 가슴에 푹 안겨 준다면
곱고 정다운 향기로움 온몸에 풍김을
이 생명 다할 때까지 아름다우리

모진 생명력

비, 바람에 휩쓸려
민들레 잔디 여러 씨앗
척박한 곳에 자리 잡아
갖은 고초 다 당하면서

차마 죽지 못해
따듯한 태양열과 빗물로
움터 새싹이 터져 나와
그래도 한세상 운명으로 살아간다

푸르게 열심히 자라나는 아름다움
수많은 사람들이 이 거리를 거닐면서
어떻게 저런 곳에 생명체가
힘차게 자라남이 신기하다

수많은 사연 가지고 한세상 사는 사람들
어떻게 하면 이 위기를 극복하나
걷고 생각하는 순간 무심코 돌 틈에
굳세게 자라나는 모진 생명체를 본다

달 그림자

고요하고 적막한 밤
어디서인가 들려오는
나지막한 소리
짐승 새소리도 아닌 바람 소리

고요한 밤에 하늘에는 수많은 별들
형제같이 정답게 빛을 발산
어렵고 가난한 자에게
마음을 어루만져 주는 고운 분위기

달빛이 정열적이지는 않지만
은은한 자태 고독에 시달리는
시인의 마음을 티 없이 위로
더 좋은 생각으로 시를 쓴다

왁자지껄하던 하루 일과
서산에 해 저묾과 같이 사라지고
깊고 고요한 밤중에 웃음 짓는 달그림자 따라
인생 애환도 달래고 새 창작 시를 구상한다

환생길

한 방울 두 방울 내리는 빗물
여기저기 작은 개울 되어 모여드니
내가 되고 강이 되어 제 운명길 찾아
넓은 푸른 초록 바다와 형제 되네

다시 태양열이 가해지면
수증기로 환생 되어 넓은 우주 공간에
떠돌아다니다가 짓궂은 바람에 쫓겨
견디지 못한 채 얽히고설키고

몸체가 무거워서 스스로 감당 못한 채
비가 되어 다시 지상에 뿌려지는구나
목말라 애타게 기다리던 지상 초목들
반가이 맞이하며 마음껏 흡수하네

자연의 거룩한 재생길
누가 가르쳐주어서 행하는 것 아니지
그가 갖고 있는 타고난 진리이시지
세상 사물 그 어느 누구도 거역할 수 없는 운명길

애정의 늪

한참 성장기에
애정에 목말라
밤낮 애간장 타들어가는
말 못 할 심정 누가 알아주리

참고 또 참고 기다려야 한다
감당 못 할 불장난
저질러 놓으면
그 막중한 책임 도리

누가 책임져줄 자 있으리
활달한 청춘 시절 한때
제대로 정립 못 한다면
다음 좋은 기회 다 허공으로 날아간다

순수한 청춘기를 잘 가다듬으면
금쪽같은 세월 헛됨 없이
알차게 실이익 높이 쌓아져
순수한 인생관 아름답게 정립되리

보물 캐는 해녀

바다를 접해 사는 마을
해녀가 있기 마련
더구나 제주에는 더욱 많지
이들의 삶의 터전은 기구한 운명의 길

넓은 연안 바다 밑에
터 잡고 사는 생물들
소라 전복 홍합 해삼 문어 미역 등
이들을 잡아 생계를 유지한다

바다가 크게 거칠지 않으면
매일 물질하러 바다에 들어간다
육지에서 농사짓는 일도 힘 드는데
바다 밑 깊은 곳에 잠수해 보물을 캔다

정직한 삶을 다독거리는 해녀들의 일상화
비록 몸의 고달픔은 말할 수 없지만
진지하고 고운 해녀의 마음은
이 세상 그 어디에서도 찾아볼 수 없는 거룩함

깊은 밤

고요하고 적막한 밤
세상 수많은 사물들이
활동을 멈추고 잠을 자는가
종일 소란스러움이 흔적도 없이 사라졌네

세상 만방에 숨을 죽이고 조용한 밤
낮 세상과는 너무나 대조적
성급한 자 성질부림도 다 어디로 가고
시원한 밤공기 마음을 살찌운다

마음에 가득 찬 잡다한 생각들
정리하는 깊고 깊은 고요한 밤
언제까지 지속될 것인지
그 기간 멀고도 짧다

슬픈 곡조 가진 자 멀어만 보이고
기쁜 곡조 가진 자 짧기만 하다
아무리 영혼의 꿈속에 수많은 사연 있어도
새벽이 오기 전 오늘 해야 할 일 정해 놓아야 한다

청춘은 아름다워라

끝없는 세월 타고 가는 우리 운명
가다가 해와 달을 보지 못할 때
적막하고 사늘함 가슴에 스며들면
자신도 감당하지 못할 슬픔에 잠겨 든다

다시 한 장면 지나가면
새 아침 밝은 태양이
동쪽 바다에서 힘차게 솟아오르는 장면
쳐다볼수록 넋 잃어감 일깨워준다

청춘에 힘찬 새 동력 일으켜 세우는
새 아침 깨끗하고 참스러움
밤사이 쌓인 고독 슬픔 아침 태양 빛이 다 태워버리고
엄첩하고 산만했던 지난밤 세상은 물러나고

다시 새희망 걸 새 아침이 찾아오고
넓은 남태평양에서 불어오는 따스한 기온
머뭇거리는 냉기류 밀려 나가는 틈 사이
청춘의 활기찬 기세가 거침없이 희망의 나라로 질주한다

황천길

주일마다 몸에 쌓인 피로를 풀기 위해
아침 일찍 동네 목욕탕을 찾아가
몸과 마음을 깨끗이 단정한 뒤
아침 식사를 감사히 먹고 아내와 교회를 간다

말끔히 이발하고 샤워 후 온탕에 들어간다
다시 열탕으로 옮겨간다
팔십 넘은 한 노인이
뜨거운 물에 몸을 푹 담그고 있다

몸 열기를 조금 높여 냉탕에 들어간다
옆에 있던 노인이
물에 잠겨 고개를 들지 않는다

물레방아

줄기차게 쏟아져 내려가는 냇가
말없이 돌아가는 물레방아
슬픔도 기쁨도 모두 담아
세월과 장단 맞춰 잘도 돌아간다

잘난 사람 못난 사람 한세상 사는 동안
애환 없는 자 없으련만
가는 세월 막을 장사 이 세상 어디에도 없지
돌아가는 물레방아 쉬어 돌아가게끔 재주 가진 자는 있다

높은 하늘 아래 펼쳐져 있는 수많은 사물들과
서로 호흡을 하며 정답게 살아야 할 운명선상
인연이 닿지 않는다고 미움으로 내몬다면
어느 때 어느 누가 나를 정답게 맞아주리

쉴 새 없이 돌아가는 물레방아에
미운 정 담아 한고비 청산하고
새 아름다운 우정 물결 담아오게끔 정성을
다하다 보면 물레방아는 가속 붙어 더 힘차게 돌아간다

영혼의 나라

넓은 우주 공간 바람에 떠밀려가는 구름 타고
해와 달 별을 보며 어디로인가
정처 없는 영혼의 정착지
언제 어디쯤 도달할 수 있을 것인지

지상에 수많은 생명체들과
서로 정겨운 마음 주고 받으며 사는 참모습
지나치게 샘이 나서인가 요술 같은
형극을 발휘해 비바람을 몰고 와

아늑한 분위기를 산산조각 내는구나
다급한 지상 생명체들은 위기 모면을 위해
여기저기 피신처 찾느라 정신이 없다
얄궂은 불장난 보고 있지 못한 태양

바람 비구름을 잠재우고
따뜻한 열기로 젖은 땅 잎새 말려주네
혼쭐난 생명체들은 자연의 우유부단함
원망스럽기도 하지만 태양은 죽음을 면해준 은인이기도 하다

천지만물

넓은 우주 공간에 수많은 천체들
각자 자기 살아가는데 마찰을 피하고
불행을 겪지 않으려는 애쓰는 참모습
다른 곳에 마음 쓸 여유가 없는가 보다

지상에 높고 낮은 산속에
수많은 동식물들이 생동하는 모습
화려한 꽃에서 내뿜는 향기 맡으며
동식물들의 자유로운 삶 평화롭기도 하다

계곡마다 흐르는 힘찬 물줄기
끊임없는 끈기 중단할 기미 보이지 않고
물속에 사는 수많은 생명체들
서로 다투거나 욕심내지 않은 곳에 분란은 없다

힘차게 내려쳐 내려가는 물결 주위를 말끔히 정리하고
수많은 동식물들이 활기찬 생명력 은은함
서로 미운 욕심 그 어디에도 찾아볼 수 없는
현명한 삶길 마냥 행복해 보인다

기본 양식

사람이나 사물은 세상 살아가는데
기본이라는 양식이 있지요
세상에 어느 누구도 자기 삶을 위하여
부당한 행위로 이익을 추구한다면

바른 방향으로 가야 할 사회 질서가 말없이
허물어져 간다면 사회인들은 크게 우려하지 않을 수 없다
공동 사회 질서 안전을 위해서는 사회인 각자
생각하는 사고력 행위가 언제나 건전해야 한다

다 같이 공동 사회 참여하고 공정하고 정의로운
이익을 추구하기 위해서는 서로 지나친
개인주의적 이익을 추구하려고 해서는 아니 된다
소수의 무분별한 사고력 행동 때문에

공동 사회 질서가 무너져서는 아니 되고
비록 개인 이익이 크게 수반되는 기회가 왔다 하더라도
전체 사회 질서에 악영향을 끼칠 수 있다면
단연코 자제하는 것만치 현명한 심산은 없으리라

정서

저 넓은 하늘에 떠다니는 구름
푸른 만경창파 끝없이 밀려오는 파도
잔잔한 가슴에도 굽이굽이 물결이 이네
어떻게 마음을 진정시켜야 좋을지

작은 마음에 수만 가지 생각 오고가는 순간들
제대로 한 대목이라도 정착시킬 수 있다면
안타깝고 서러움 짊어지기 전에
속 시원히 쫓아 버릴 수 있으련만

아무리 다급한 인생살이일망정
좁은 길에 오고 가고 넘쳐난 발길
서로 부딪칠 사고 없었으면
괜한 잡생각에 잠겨 바른 걸음 헛디딤

조심해야 한다고 다짐하지만
잡다한 허상에 마음 제대로 진정 못 시켜
어디로 가야 좋을지 방향마저 아차 순간
모처럼 찾아온 황금 기회 언제 또 맞이하리

고목

한적한 곳에 한 씨앗 움 돋아
세상에 피어나니 사나운 비바람이 못살게 구네
이제 몸 성장이 크게 펼쳐져 위상이 웅장해져서
그 어떤 사나움도 겁먹지 않으렴

수많은 세월 동안 갖은 시련 고초 다 겪었지만
지금은 그 어떤 풍파도 다 제압할 수 있는
역량이 비축되어 가는 튼튼한 몸가짐
이제야 비로소 네 세상 품위가 서는구나

여기저기 사람 사는 집이 들어서고
사람 발자국 소리 그칠 날이 없으니
말 못 할 고목인지라 정겨움 표현할 수 없지만
사람들은 여름철 따가운 햇살을 견디지 못해

무성한 가지 잎새 그늘에 찾아와
서로 간 인생살이 희락을 나누니
수백 년 자라나는 동안 숱한 애환 있었지만
오늘에야 비로소 사람들에게 따뜻한 인사 받네

부모의 공경심

세상에 수많은 사람들이 살고 있지만
그 어느 누구도 부모 없는 자식은 없지
부모의 따뜻한 보살핌 없었다면
오늘날 내가 이 세상에 존재할 수 없었을 것

겨울날 거친 눈비 바람에도 세상을 원망하지 않고
어머니는 산고개 넘어 먼 시장 가느라고 하염없는 슬픔
가슴에 차 오르지만 내색하지 않으시고
참아가며 자식들의 앞날을 위해 최선을 다하시던 참모습

아버지는 푸른 만경창파 고기 잡는 어부
자식들을 위해 밤, 낮 가리지 않고 고기잡는 일
한시도 주저하거나 태만하지 않고
이웃집 뱃사람과 호흡을 같이 하시며

새벽닭 울기 전 푸른 바다로 향해
노 저어 푸른 만경창파에 낚싯줄을 깔아
고기 잡아 살던 그 시절이 마냥 동경스러움
이제 저세상 간지 오래되시어 모처럼 묘역 찾아
인사드리는 마음이 새로워지네

동산

꽃 피고 새 우는 동산에 올라서니
마음에 가득 찬 수심도 사라지고
저 멀리에서 불어오는 온화한 바람에
산들에 피어나는 개나리 진달래

향기로움이 빈 가슴 공간에 가득 메워주고
새 인생길 진로가 샘솟아 나네
좋았던 지난해 그렇게 다짐했지만
악마 같은 동절에 살아남기 위해 갖은 수모 다 겪는 사이

꼭 간직해야 할 운명 찬 눈보라가 다 망가 버렸지
그렇게도 의기양양하던 북풍도 이제 자기 세상 다했는지
오늘에야 비로소 진정 기미 보이는구나
잃어버린 지난해 약속 기억이 되살아나고

새 기회 맞이할 여유가 조성되어 기회를 주시니
온 정성 다해 마음을 바로잡고
새 인생길 열어주심을 온몸 기관인 동맥이
더 열심히 힘차게 거침없이 순환시킨다

마음의 등댓불

넓고 깊은 푸른 만경창파
햇빛 찬란한 밝은 낮 잔잔한 물결과
장단 맞춰 하루 일과 잘 진행 큰 차질없이
기대했던 성과 이루어 만족감이나마

육지와는 너무 먼 바닷길
언제 무슨 일기 변화가 일어날지
마음 초조함 떨쳐버릴 방법이 없구나
어디서인가 검은 떼구름 몰려오더니

갑자기 세찬 바람에 온 바다가
혼비백산 거치른 성질을 부리는구나
감당하기에 너무 거북스러운 운명의 찰라
마음은 조급하고 몸은 말을 잘 듣지 않는 절박감

그렇지만 처절한 고통스러움도
마음을 쉽게 극복시킬 수 없는 강한 의지
정신적 지주 마음의 거룩한 등댓불 꺼지지 않는 이상
밝은 육지의 항구 차질없이 찾아간다

가면

진실을 감추고 외형을 과장해 돋보이려는 위상
위험과 몰락을 자초하는 짓
능력이 없어도 본심 그대로 선보이면
외형 형상 능력 부족하나 진실을 숨기지 않으니

세상 사람들은 정직한 처세술 감명받고
더없이 반가이 맞이해 주지
이 세상 그 어떤 재주꾼도 가면을 쓰고
진실을 감추고 대신 잘난 척 한다면

한순간 만인을 쉽게 속일 수는 있지만
긴 세월 마냥 가면으로 속일 수는 없지
복잡하고 긴밀한 세상에 허영과 속임수에
수많은 사람들이 속고 속아 쓰라린 아픔

이런 부당한 처세술에 함부로 빠져들지 않게끔
서로가 경계하는 처사 너무나 안타깝지
가면 쓰고 잘난 척 속임수보다
못난 얼굴이지만 마음 진실한 따듯한 정겨움

오곡 추수

이른 봄부터 여름 동안
알뜰히 가꾼 오곡 열매
한 알도 허실 없이 잘 거두어
빈 곡간마다 차곡차곡 채워보자

사정없이 몰아치는 겨울 세찬 눈비 바람
세상 그 어느 누구도 감당 못 한다
북풍 찬 기류가 엄습해 올 때
조심해야 할 무서운 독감 철저한 대비

겨울 동안 바깥세상 활동 쉽지 않으니
곡간에 채워둔 오곡 잘 정미해
푸짐한 음식 정성껏 마련해 이웃 간
나눠 먹는 정겨움 어느 세상에 또 있으랴

보람찬 인생살이 어느 누가 마련해 주나
사람 사는 이웃 간에 작은 정성이나마
서로 베풀고 사는 참다운 인정 좋은 분위기
잘 형성되는 찰나 이웃 간에 행복은 차고 넘쳐난다

사랑

사랑이란 두 마음이 한마음으로 엮어가는 것
언제나 기쁘고 활기찬 생동감
수많은 영혼들이 정처 없이
허공에 떠돌다가

자연히 인연이 닿아
사랑을 나누게 되면
맑고 티 없는 깨끗한 두 마음
하나로 엮어가는 참신함

이 세상 그 어떤 인연보다
진지하고 거룩하다
다 같이 한세상 태어나
성스러운 한 짝이 된다는 것

한평생 두 번 다시 없는 아름다운 만남
온 세상이 흔들려도 두 마음이 한마음으로
두 손 굳게 꽉 잡는다면 그 어떤 난관도
겁 없이 극복해 나가리

자연의 배려

따가운 햇살이
수많은 생명체들
운명을 위협하는
그 지겨운 나날들

이제 그 위세도
절정에 달했는지
아침저녁 서늘한 바람
연민의 가슴을 파고드네

그렇게도 무덥던 기세
누가 말없이 데리고 가는지
알 길이 없구나
시절 변화는 자연이 하는 일

인위적으로 하는 일은
그 수위를 조절할 수 있지만
자연이 하는 일은
사람으로서 마음대로 할 수 없지

5부

자유의 장막

새 시대 인생 열차

적막을 뚫고 기적소리 내지르며
거침없이 내달리는 새 시대 인생 열차
가슴에 담지 못할 잡다한 비극들
하루속히 인류 세상에서 밀쳐 내어야지

공동 세상에 어두운 그림자 걷어내지 않고
무슨 영광 기대할 수 있을는지
바른 인생 잘 가다듬은 정의에 불타는 용사
공동 세상 구원에 주저 없이 몸을 던진다

사람들이 공동협력으로 세상을 살고 있지만
사회가 위기로 내몰리고 있을 때 자신이 희생하더라도
수많은 사회인을 구원할 수 있다면
기꺼이 선봉에 설 자 있으리

암울한 세상 사정 그냥 보고 넘어갈 수 없어
처절한 상황 바로잡기 위해 내달리는 인생 열차에
동승할 자 많을 시대 올 것을 잊지 않고
믿음으로 행하니 하나님도 찬양하신다

재생의 기도

어디서인가 예고도 없이
밀려오는 무자비한 지진 쓰나미
잔잔한 세상 죽음의 슬픈 늪
무참한 지진이 슬픔을 주는구나

무너진 가옥 잔해 갈려 구원의 운명
살려달라는 처절한 애끓는 소년의 목소리
온 세상에 퍼져나가는 뉴스화면
빨리 고귀한 목숨 구원되어 완쾌를 빈다

무자비한 슬픔도 슬픔이거니와
인류 세상에 참뜻 아닌 전쟁
수많은 사람의 목숨을 앗아가는 인류의 비극

전쟁이 지속되는 곳은 인류 평화의 꿈은 허사
선진국지도자가 고의로 저지른 전쟁 가지고
차마 하나님께 인류를 구원해 달라고 기도할 면목이 없네

야망의 절규

오늘도 세계 전선에는 전운이 감도는
긴박한 상황 속에 젊은 아까운 청춘들
제대로 꽃 한번 피어보지 못한 채
서로 쏘는 적탄에 맞아 이슬같이 사라진다

자유와 평화를 위해
죽을 각오로 임하는 젊은이들
이 세상 어느 국가 국민인들 정성 어린 마음 절규
그냥 넘어갈 수 없는 온갖 원조 다 하는 거룩함

침략국 지도자는 궤변 다 발설하지만
국민과 젊은이들은 부당함을 규탄하며
이웃 나라로 피신하는 처절한 모습
침략 당하는 국민과 젊은이들의 대항하는 자세

결국 거대한 침략 국가는 몰락당하고
부당한 침략전쟁에 희생당한 국민은
온 세계 인류가 불쌍히 여겨 따뜻한 온정으로 맞아주고
하루속히 파산된 국토재건에 아낌없이 원조한다

천둥 우레

고요한 우리 생활 터전에
갑자기 천둥 번개를 동반한
날씨가 아수라장을 만드는
자연의 무심함

인간은 공동사회란
큰 결합된 조직을 형성해 살고 있지만
어느 때 어느 시기에
불규칙한 기후변화로 무슨 변을 당할지

마음 놓고 살 수 없는 걱정스러움
한번 변을 당하면
수많은 인명과 재산이
흔적도 없이 사라지는 불행스러움

이 처절함 조금이라도 피할 수 있는
길을 모색하는데 서로 협력해야지
인간의 진리 아닌 곳에 마음을 팔고
야심을 품고 행동한다면
인간도 세상도 다 망하리라

격동 시절

열심히 일해
잘살아 보겠다는 젊은 세대
마음에 찬 소망 기대
한시도 잊혀지지 않은 오늘

일자리는 늘어나지 않고
매일 축소만 되어 가는 슬픈 나날
세월이 혹독해서 그러한지
우리가 꿈을 잘 못 꿔서 그러한지

젊은 세대 앞날을 태산이 가로막고 있네
어느 누가 이 젊은이들 가슴 깊이 맺힌
슬픈 애환 달래줄 자 어디 있으랴
소원 풀어줄 자 있다면 천 길 만 길 찾아가 보리

공직을 맡은 공직자들 공익은 뒷전이고
사심에 취해 있으니
세상이 그 어찌 바른길로 갈 수 있으랴
내일 죽는 한이 있어도 정의라도 한번 외쳐보자

비정의 몰락

심술 궂은 자들
정직하고 선한 자들의
심장을 파먹느라
하늘 무너지는 줄 모르네

제아무리 권세 있어도
그가 할 의무는
비정을 바로잡는데
힘의 권세를 사용해야지

만에 하나라도
그 권세가 사리에 맞지 않은
비정에 연유된다면
만인에게 저주받을 원성을 못 면하리

권세의 힘이란
좋기도 하지만 때로는
상당한 위험적 요소를 가진 시한폭탄
그런 의미에서 권세의 힘은 언제나 정의스러워야지
그렇지 않으면 자멸을 자초한다

우크라이나 전쟁 : 어린 고아

치열한 전쟁 포화 속에
부모 잃은 천진난만한 어린 고아
불안한 공포 위협 진정시켜줄 자
어디 없을까?

생지옥이 진행되는 전쟁의 비참함
어느 누가 이런 불장난을 일으켰는지
사람인지 짐승인지 분별할 수 없네
야만적인 전쟁행위 그냥 넘길 수 없는 분노

평화롭고 아름다운 세상을 보존하지 못하는
무참한 작당들 언제까지 비웃음 지을지 모르나
이 세상 존재하는 이상
만인의 지탄 면할 길 없을지라

빗발같이 날아오는 탄환 속에
죽음이냐 삶이냐 누구도 장담할 수 없는
절박한 어린 고아 누가 구원해 보살펴 줄 것인가
위험에 뛰어들어 구원자 없어도 하나님은 구원하리

우크라이나 전쟁 : 전쟁, 그 참혹함

인간이 자연 천재지변에서 우는 마음보다
전쟁을 일으켜 우는 마음
더욱 처절한 심정 그 어디에다
호소해야 좋을지

무참히 짓밟은 탱크의 무력 돌파
하늘도 무서운 줄 모르고 인류애도 없는
무력 진압은 누가 명령하는가
순진하고 선한 사람들이 사는 곳에

사악한 전쟁 깃발 달고 주춤 없이
밀고 들어와서 인류 세상에 비극의 씨앗을 뿌리네
죄 없는 서민이 사는 곳에 무엇을 얻으려고
이런 비극을 만드는가

사랑하는 서민들이여 오늘 아름다운 생활터전 빼앗기더라도
오늘의 야만 행동에 동참한 자들과
이 세상 그 어디에서나 불행을 자초한 명령자를
규탄과 책임은 길이 역사가 묻고 하나님께 벌 받으리라

우크라이나 전쟁 : 대통령의 애국심

수많은 사연들이
온 가슴을 메워 들고
나는 당신 위해
울지 않고 걷고 또 걸어갑니다

넓은 우주공간에
해도 달도 비웃지만
나는 조금도 위축되지 않고
당신 위해 울지 않고 걸어갑니다

사나운 비바람이 앞을 가로막아
천지가 아득한 앞길
어디가 어디인지 말 못할 사연
그래도 쉬지 않고 당신 위해 울지 않고 걸어갑니다

마음마저 허락할 수 없는 심한 고통
누구나 보기에 지나친 어리석음
편한 길 얼마든지 있으련만
나는 당신 위해 울지 않고 이 험한 고개 넘어가렵니다

동산에 해 저무니

동산에 해 저무니
밤이 짙어 가는 사이
만물들은 깊은 잠
단꿈에 행복 나라 찾아가네

우리 삶 형편 너무 허망해
깊은 밤늦도록 잠 이루지 못한
정직한 수많은 애국 시민들
어떻게 해야만

이 난국을 해결할 수 있으랴
고심을 거듭해 보지만
그래도 정직해야지
우리가 거짓 기만술에 양심을

몇 푼 돈에 휘말리게 된다면
걷잡을 수 없는 귀중한
우리 운명 영원히
어디에나 보상받을 길이 없구나

자유의 장막

저 하늘 아래도
행복한 꿈은 실현되고 있는가
이세상 하늘 아래 사는 수많은 사람들
아무리 척박한 곳에 살아도 자유는 있다

휴전선 저 너머 한 핏줄 사는 곳에도
자연이 온기 주어 산들에 꽃이 피는데
그곳 동포 가슴에는
따뜻한 온정은 다 어디가고 서리만 차는가

원통하고 서러운 가슴에 어느 누가 대변해
봄바람 타고 남쪽의 풍요로운 자유 선사해서
암울한 아픈 가슴 해소해 줄 자 언제 오려나
서러움에 한 맺힌 동포여 더 참고 견뎌주오

멀지 않아 서러운 가슴에 자유의 행복
그 시기 징조가 멀지 않으리라는 좋은 예감
남쪽 동포의 열열한 해결책 더 달아오르고
적막에서 헤쳐나오는 아침 해는 오늘 더욱 빛나네

마음의 등불

혼탁한 현실에서
어떻게 해야만
극복해 나갈 수 있을까

마음을 억누르는 고통스러움
무슨 잘못을 저지르고서
한 치 앞도 가리지 못한 채
서성거려야 하는지

그래도 그 원인을 찾아보아야지
아무리 다급해도 앞길 방향
제대로 설정하지 못하면서
무조건 뛰어갈 수 없는 무모함

마음의 불안함을 속히 진정시켜
가야 할 방향 목적 거리
다시 한번 잘 정립시켜
마음의 등불 지시 따라 용감하게 출발해 보자

바다의 작전

국가의 명령에 의해
수천 수백 명을 태운 군함들이
각자 부여된 작전을 위해
먼바다로 떠나간다

부두에 수많은 가족이 나와
잘 다녀오시라고 손을 흔드는 모습
떠나는 마음들 아쉬움이 많지만
군인의 사명 어쩔 도리가 없구나

한없이 넓은 바다 수개월 동안
세찬 바람 거치른 파도를 벗 삼아
인류 세상 평화를 위해 사명을 다하는
장병들의 참모습 거룩도 하지

오늘은 이 바다 내일은 저 바다
매일 밤낮 가릴 겨를 없이
맡은 책임 완수에 한치의 오산 없이
충실한 사명을 다하는 곳에 인류 평화는 지켜진다

승리의 깃발

우리가 사는 세상에는
보이지 않는 치열한
경쟁으로 사는 세상 사회
개인과 개인 단체와 단체 국가와 국가

그 어느 한 곳 경쟁하지 않은 곳 없구나
경쟁에서 밀리거나 지면
자연히 퇴보로써
심하면 자멸을 재촉한다

이런 수모를 겪지 않기 위해
평소에 잘 준비 대처하는 자들
그 어떤 경쟁 시합에서도
겁먹거나 나약한 허술함 보이지 않지

경쟁이란 시합은
살아가는 세상 모든 사물은 다 해당되지
경쟁에서 이긴 자들은
승리의 깃발을 하늘 높이 다는 쾌감

세계의 기아

다 같이 생명을 갖고
세상에 태어났지만
그 어떤 지역은 풍요롭게
큰 걱정 없이 잘살고
그 어떤 지역은 굶주림에
헤매야 하는 비참한 운명
환경이 열악한 곳에 사는 사람들
인류 문명의 발전에 혜택을 받지 못한 채
하루하루 사는 모습
험난한 지역 환경 개척이 미지한 곳에
사는 사람들을 좀 더 관심 있게
살펴보아야 할 인류의 공동체
넉넉하고 인류 문명 혜택을 많이 받는 국민들
지나친 이기주의에서 탈피해
가난에 시달리는 이 지구상 한쪽 부분을 관심 있게 살피고
은혜스러운 도움을 주는 세상 기류가 진행되었으면
이 세상 모든 인류가 다 감격스럽고
하나님의 거룩한 은총이 빈 가슴을 채워들리라

쓰나미

하나님 진정 뜻 받들어가며
해변가 자연과 더불어 티 없이 사는 사람들
뜻하지 않았던 찰라 바다가 성난 듯
지체 없이 해변을 덮쳐 버리네

수많은 사람들이 흔적 없이 사라지고
애써 아름답게 마련한 거처도
지체 없이 바닷물이 다 삼켜버렸네
그나마 운 좋게 생명이라도 건진 자들

앞으로 어떻게 살아야 할지 북받친 서러움
아무리 달래고 진정시켜 보려지만
마음의 혼미는 쌓이고 쌓여가는 기구한 운명
죽지 못해 사력을 다해보는 힘겨운 나날들

좀처럼 정상화는 첩첩산중
그렇지만 빨리 정신을 차려 원상 복귀
전심전력 다한다면 세상은 냉정해도
하늘에 계신 아버지께서 새 삶길 인도해 주시리

슬픈 메아리

오늘날 세상은 멀고도 가깝다
최첨단 전자기기 발전으로
어렵고 먼 정보도 쉽게 접할 수 있는
지나친 생활 정보들

현실 인간 세상 문명의 고도 발전으로
활달한 생활 리듬 만끽하는데 즐거움이 있지만
그런 문화가 사람의 인격 자질에 지나침이 있다면
오히려 인간의 운명을 단축시키는 위험스러운 발로

사람으로서 가장 유의해야 할 점이 있다면
스스로 자기감정을 잘 다스릴 수 있는 자기 행동
언제나 점검하고 애쓰는 노력 조금도 모자람 없이
한번 아차 하는 순간 귀중한 생명 앗아가는 수많은 함정

세상 곳곳에 종교 집회 행사 축구장 실체 없는 가면 놀이 전쟁터
말로 다 나열할 수 없는 떼죽음 참 어이없는 비극
그렇게 젊은 나이에 제대로 세상 살아보지도 못한 채
순식간에 떠밀리고 밟혀 떼죽음 당하는 슬픈 메아리
부모들의 가슴을 사늘하게 하는 놀람 감출 길 없다

어린 떼죽음

세상 여기저기에서
꽃도 제대로 피어보지 못한 어린 것들
몰죽음 소식 전해 들을 때마다 가슴이 서늘해지네
하늘을 원망하랴 부모를 원망하랴

부모가 자식 낳아 알뜰히 보살폈지
지나친 보호 간섭 혹시 문제 있지 않을까
느슨한 자유 방관 아쉽기도 하다
겁 없이 마음 자제력 제동 제대로 걸지 못하는 사춘기

이때일수록 부모가 더 관심 갖고
자식을 관리해야 하는데 지나친 배려
화를 쌓게 하는 촉발이 되지 않을까
이성으로 정착되어 가는데
지나친 간섭 혹시 장애가 되지 않을까

통제하는 자제력 느슨하게 풀어주는 순간
바른 자세 도리 한순간 까먹는 젊은이들
부모는 일생을 통해 가장 믿음직한 후견인
자나 깨나 자식의 바른 세상 길 인도하는 선구자

애국심

비정의 야망 하늘 무서운 줄 모르네
독재 권력 칼날에 수많은 양심 세력
무참히 스러지는 처참함
어느 누구도 함부로 내대서지 못한 피의 숙청 앞에

그래도 비겁하지 않은 애국 충열
진정으로 국가와 자손 위해 죽음도 두려워하지 않은
애국 충신 독재 권력에 아부하며 오래 살다가 죽는 것 보다
단칼에 이슬과 같이 사라지더라도

조국에 몸 바치는 진정한 충성심
하늘이 무너져 세상이 뒤바뀌더라도
그 정신 뜻은 영원히 바뀌지 않으리
오늘도 정열에 불타는 애국심이여 영원히 빛나라

바람이 불고 번개가 치고 천지가 아수라장이 되어도
한번 먹은 애국 결심 그 어떤 세월도 무슨 바람이 불어도
변치 않은 그 정성 우리는 배우고 받들어
민주 나라 기반을 더 튼튼히 만들어 보세

거룩한 정신

우리 민족이 이 땅에 수천 년 사는 동안
36년이란 세월을 이웃 일본 속국이 되었을 때
이 세상 두 번 다시 없을 고통과 서러움 겪었지
이제 다시는 비운이 우리 가슴에 없어야 할 터인데

1945년 8월 15일 해방이 되자마자
국토는 양단되고 한민족은 사상적 이념으로
둘로 갈라져 치열한 분쟁으로 인해
수많은 동포가 6월 25일 전쟁으로 희생되었지

전쟁으로 인한 비극적 수많은 고아가 거리를 헤매며
울부짖던 일이 엊그제 같구나
세계 각 도처에서 한국전쟁 비참함을 못 잊어
따뜻한 원조를 성심성의 다 해 준 나라 국민들 고마운 은혜

우리 선열들은 큰 배움 가진 자들 부귀영화 뒤로 하고
조국의 독립을 위해 만주 험한 산골에서
여생을 다한 거룩한 정신
비록 조국은 두 동강 났지만 그래도 조국은 있지 않은가
젊은 세대들이여
조국의 잘못된 비극적 비운을 바로잡는데 전심전력 다하자

전쟁범죄

햇빛 찬란한 문화 세상에
어두운 그림자가 세상을 뒤덮네
가난하고 서러움에 찬 한 민족이 전쟁에 휘말려
이 어려움 면해 달라고 하나님께 기도합니다

염치없는 전쟁 폭군은 한 치 아량도 없이
제멋대로 놀아대는 악마 같은 심술
이 세상에서 저지른 무모한 행동
어느 세상 가서 용서받을 수 있으랴

제아무리 무지한 전쟁 폭군인들
사람이란 형식 갖춰져 있다면
양심이란 도리를 저버릴 수 없지
오늘날 무분별하게 저지른 악랄함

자기 인생 바른 도리 찾아가는데도
상당한 고충이 뒤따를 수 있는데
인류 세상에 큰 범죄 저질러 놓고
무슨 체면으로 용서를 바라리

공해 유발 차단

우리는 넓고 끝없는 세상에 태어나
우주 공간 산소 한없이 마셔도
어느 누가 간섭할 자 없으니
마냥 즐겁고 기쁘구나

다 같이 세상 태어나 살면서
비록 무한한 산소 공기 사유는 없고 공유라 하지만
개인의 이익 추구를 위해 공해 공장을 세워
날마다 굴뚝에 내뿜는 검은 연기 공해

세상 만물들은 이름 모르는
갖가지 질병을 얻어 소리 없이 죽어가지
한시바삐 공해 원인을 제공하는 자들을
철저히 차단하지 않으면

우리는 이 세상에서 큰 죄지음 없이
알지 못한 공해병에 걸려 시름 하는 모습
오늘 사는 우리는 무슨 일을 하고 있는지
인간 세상에 와서 만인에 도움을 주지 못할망정
혹시 해를 끼치지나 않는지

애달픔

세상 삶에 그 어느 것 모잘 것 없이
모두 갖춘 나라 국민들이
가난한 이웃 나라를
무참히 짓밟는 심술

그 죄스러움 하늘나라 가기 전
이 세상에서 저주받는다
하루속히 그 잘못을 뉘우치고
인류 세상 사람들에게 용서를 구하라

끝까지 부당한 처사에 매진한다면
이 세상은 물론 저세상 가더라도
엄한 책임도리 면할 길 없으리
인생에 위대한 가르침 멀리 있지 않으며

자신의 마음속 한구석에 있지
바르게 실천하는 지도자 만인이 찬양하고 존경받는다
이 좋은 은혜스러움 먼 곳에서 찾으려 마라
가장 가깝고 쉬운 자신 속에 있다

경쟁

사람으로 세상 살아가는데
다양한 분야에 치열한 경쟁 시대로 불이 붙고 있다
더구나 경제적 이익 추구에는 말할 것 없거니와
인류 평화에 염려되는 최첨단 무기와 핵 개발 경쟁

우리가 세상 사는데 왜 이런 무참함을
고민하고 짊어지고 살아야 하는지
한없는 비운 발자국마다 앞을 가리네
사상이념은 무엇인가 순수한 마음을 왜 가로막는가

내가 다른 상대방을 미워하면
상대방도 나를 미워하지 않을까
내가 상대방을 좋게 대한다면
상대방도 선한 마음으로 대하지 않을까?

공동 세상에 사는 한 사람 한 사람 도리에 어긋나지 않음
세상도 구하고 나도 위기에 내몰리지 않으리
악은 악으로 대처되고 선은 선으로 대처되는 세상
우리가 사는 세상 나부터 선행하면 좋은 세상 기대된다

영광의 그날

햇빛 찬란한 인류 세상에 평화를 구축하는데
전심전력 다 해도 평화스러운 행복은 저 멀리
어느 세월에 세상 사람들이 원하는 꿈 평화
이루어 낼 수 있으랴

수많은 사람들이 정성 다해
찬란한 문명건설 잘해 놓지만
자연의 무참함 자제 없이
훼방 놓는 심술에 우리 인류는 목메어 운다

자연은 속절없이 인간을 괴롭힘은 그렇다 치고
사람으로서 세상 삶에 부족함 없이 여유만만한 제국
가난하고 불쌍한 국민들 돕고 사는 마음
그렇게도 인색한가

침략전쟁 일으켜 평화로운 나라 세상
지옥으로 만드는 추악한 폭군 지도자
이 세상 선한 백성 모두 뜻 모아 그릇된 침략
물리칠 영광스러운 그 날로 내달려가자

공공의 안녕

개개인 또는 소수 무리로 세상 사는 것보다
전체 공동으로 구성해 사는 것이
각자 더 외롭고 삶의 보람에 유일한 길이로다

공동 사회 생활에는
보이지 않은 치열한 무대로 형성되어
각자 보이지 않은 이익 추구 경쟁에
사력을 다하는 모습

때로는 이성을 잃고
무모한 행동 자제 없이 일삼는
처절한 문제가 너무 안타깝구나
사회 엄한 규범을 잘 준수하고

공동 사회 안녕을 위해
아무리 개인적 이익이 태산 같아도
공공 안녕 질서에 지장을 초래하는 일은
가능한 자제하며 사는 미덕은 자신도 만인에게도
다복이 될 수 있으리라

불로소득 어리석음

세상에 열심히 땀 흘려
얻는 소득 안전하고
남들 보기에도 떳떳한 것만은 사실
이 진리 제대로 실천하는 자

세상에 그 어떤 위기 오더라도
당황할 일 없겠지만
안타깝게도 노력은 제대로 하지 않고
불로소득 얻으려는 심산 처량도 하지

더구나 작은 노력으로
큰 부자 되려는 심산
너무 비겁한 면 있지
작은 소득도 노력해 얻는 자

애석하거나 안타깝게 느끼지 않지
적으면 적은 대로 많으면 많은 대로
노력 여건에 따라 다를 수 있지
적으면 다음 기회 만회할 각오로 살아야 한다

자유의 깃발

자유의 깃발이여
우주 공간에 더 높이 높이
올라가 펄럭여라
너의 기세가 살아나므로

인류 세상에서 고대히 바라는 소망 자유가
꺾이지 않고 우주공간에 넓게 퍼져나가므로
인류 평화의 상징 자유가 온 가슴마다 차
넘쳐나는 영원한 길이 되어다오

독재 권력이 무참하게
신선한 자유를 짓밟는 일이
인류 세상에서 다시는
더 넓혀가지 못하도록 전력을 다해 막아내자

거치른 세상도 인류가 한마음으로 단결한다면
독재자의 자유 억압도 함부로 마음먹지 못한다
인류의 아름다운 세상을 더 발전시켜
다시는 우주 공간에 독재의 깃발이 내려오지 않게 하자

속 타는 서민 가슴

가슴에 차오르는 슬픔이여
언제 아침이슬과 같이 사라지려느냐
태양이 동산에 높이 떠오르니
풀잎마다 맺힌 이슬들 간데온데없네

왜 우리 가슴에 맺은 슬픔은 사라질 기미가 없는가
정의의 기둥들이 제자리 잡지 못해
위험 수위 날로 높아가니
악마 벌레 좀 마저 활개를 치네

아 이제는 다시 속지 말아야지
선한 마음 가진 서민들에게
그렇게 애걸하고 황금 선물마저 듬뿍 주니
마음 기울지 않을 자 없었으리

한번 잘못 튕긴 기타 줄
천국 길 아닌 지옥 길 낭떠러지
어떻게 해야만 이 위기를 면할 수 있을까
스스로 양심에 물어보자

6부

가족 참여 글

내 마음의 봄

김정숙*

시간은 어김없이 봄을 데리고 우리 곁에 와 있다
아직은 눈송이로 온 땅을 하얗게 가리고 있다
싱그런 풀잎과 꽃들의 향연을 기대하며
감사와 감동이 넘치는 봄이면 좋겠다

하나님은 우리가 무언가를 성취하고 쟁취할 때보다
그저 그분께 갈급하고 갈망할 때 우리를 더 잘 만나주신다
간절함으로 올려진 우리의 목소리와 마음은
하늘의 문을 여는 방아쇠다

그분의 말씀과 뜻은
폭발력 있는 탄약과 같아서 세상을 이길 힘이다
이런저런 고통은 귀먹은 세상을 향하신 그분의 확성기다

그분은 우리의 기쁨 속에서 마음속의 봄을 속삭이시고
우리 양심 속에서 말씀하신다
우리 고통 속에서 소리치신다

---

* 손윗처남댁

기도

주님의 음성을 내 마음의 중심으로 듣고
내 삶 전체에 스며들게 하는 것
가장 진실한 심연에서
그 음성을 붙들지 않으면 그 분 안으로 들어갈 수가 없다

징계의 헛간을 허락하신 이유가
하나님의 마음은 인간의 마음보다 크시기에
우리의 기분과 정서를 초월하여 기도하게 하신다

고통이 깊어져서 누군가와 함께 기도 할 수 있게 되면
기도의 열매는 고통과 상실과 연약함속에서 싹트기에
우리에게 참된 기쁨을 가져다준다

시인이 따로 있나

윤서내*

내 얘기를 써내려 가면
시가 되고
수필이 되고
소설이 되고

그래서
잘 견딘 인생을 그려내면
최고의 가치로
보여지듯

한 사람의 일생이란
저마다 높은 가치를 지니고
살아 내는 작품을
만들어 가고 있는 것

---

* 아내의 외사촌언니

응답 받은 기도

힘을 달라고 했더니
강하게 만들 어려움을 주셨습니다
지혜를 구했더니
해결해야 할 문제를 주셨습니다

용기를 구했더니
극복해야할 위험을 주셨습니다
사랑을 구했더니
도움이 필요한 사람들을 보내 주셨습니다

제 기도들은
모두 응답받았습니다

홍규섭의 일상

이광자*

팔십이 넘은 지금도 하루 종일 책을 읽고 글을 쓴다.
오후에는 규칙적으로 매일 공원을 산책한다.
하루에도 몇 편의 시가 뚝딱 나온다.
쓴 시들을 모두 출판하면 몇 십 권은 족히 되리라
일단 한번 쓴 시는
다시 새 노트에 한 자 한 자 결코 흐트러짐 없이
꾹꾹 눌러가며 써내려간다.

언뜻 보기만 해도 어려운 책들이 서재에 가득하다.
어떤 책은 똑같은 책이 두 권씩 있다.
선과 악, 사회의 정의에 관심이 많고
늘 공동체의 선에 대해 이야기한다.
운전 중에도 불법적으로 선을 넘나들거나
불의를 보면 참지 못한다.
에니어그램 1번의 보편적인 특성이 수시로 드러난다.

감성이라고는 털끝만큼도 찾아볼 수 없는 이성적인 사람인데
어떻게 이렇듯 여리고 보드라운 햇순 같은 글이 나올 수 있을까

---

* 아내, 이화여대 명예교수

반복적이거나 비슷한 글들은 교정을 보면서 반 이상 걸러냈다.

아내가 평생 교육자로 지금까지도 외부 일로 외출이 잦지만
그에 대해 별말 하지 않고 부엌일 집안일도
늘 함께 하는 경상도 사람
이런 아내에 대한 불만을 지인들에게 많이 표현하지만
듣다 보면 아내자랑으로 끝난다는 소리를 많이 듣는
사랑꾼이기도 하다.

정연복 시인은
여든 넘은 나이에 아랑곳없이 하루도 빠짐없이 시를 짓는
'정열적인 불꽃시인'
그리고 몸으로, 생활로 한 글자 한 글자 언어의 집을
지어가는 '들꽃시인'이라고도 부르신다.

하상훈 시인은
홍규섭의 시를 마을 어귀에서 고향을 지키며 서있는
'오래된 느티나무' 같다고 표현해주신다.
부지런한 농부의 거친 손처럼 거칠지만 정겹고 따뜻하고
듬직하다는 표현도 해주셨다.

맞다. 그 표현들이 너무나 좋다.
홍규섭은 선에 대한 한결같은 생각을 갖고 사는
자기주장과 집념이 강한
정열적인 불꽃시인이면서 들꽃시인이고
오래된 느티나무이다.

감사의 글

우리가 세상에 올 즈음 가슴에 부푼 꿈 크고 많았지.

인간 세상에서 이성적으로 살고 보니 자기 마음대로 되는 일 그리 쉽지 않으리. 그러나 악의 편에 휩쓸려 가지 않기 위해 마음의 자세를 수없이 다짐하고 다짐하지만 자신도 모르는 사이 착오와 과실로 인해 잘못 저질러진 문제에 대한 고민스러움 달래기 위해 하나님께 기도드리지. 많은 세월을 통해 멀리 왔지만 아직도 갈 길이 남았다.

세상 만물을 보고 느끼는 감정이 있으므로 지나온 세월에도 그러했거니와 앞으로 남은 세월에도 선행하며 가난한 후배들을 위해 이번 책 출간 수입도 전액 장학금으로 희사하고자 합니다. 남은여생도 인류공동세상사회의 안전과 평화를 위해 관심과 연구에 전력을 다하고자 합니다.

나의 인생에 있어서 가장 절친인 송하현 사장은 음으로 양으로 항상 관심 갖고 책 출간에 협조해주어서 감사합니다. 대학동문인 임무성, 한용찬 경희대 법대 17회 동기 모두 감사드립니다. 교정을 열심히 봐주신 아내 이광자 교수와 표지그림을 그려준 아내의 친구 이성의 님께도 감사드리며 이번 시집 출간에 전적 책임과 열성을 다해주신 선우미디어 이선우 대표님께도 감사드립니다.

저자 홍규섭

홍 규 섭   시 집

새 시대 인생열차